Die Villa

Jacob Job

ukiyoto®

Ukiyoto Publishing

Alle globalen Veröffentlichungsrechte liegen bei

Ukiyoto Publishing

Veröffentlicht im Jahr 2020

Inhalt Copyright © **Jacob Job**

ISBN 9789367955048

Alle Rechte vorbehalten.

Kein Teil dieser Veröffentlichung darf ohne vorherige Genehmigung des Herausgebers in irgendeiner Form elektronisch, mechanisch, durch Fotokopieren, Aufzeichnen oder auf andere Weise reproduziert, übertragen oder in einem Abrufsystem gespeichert werden.

Die moralische Recht s des Autors s have behauptet worden.

Dies ist eine Fiktion. Namen, Charaktere, Unternehmen, Orte, Ereignisse, Umgebungen und Ereignisse sind entweder die Produkte des Autors's Phantasie oder in einer fiktiven Weise verwendet. Jede Ähnlichkeit mit lebenden oder toten tatsächlichen Personen oder tatsächlichen Ereignissen ist rein zufällig.

Dieses Buch wird unter der Bedingung verkauft, dass es darf nicht zu kommerziellen Zwecken oder auf andere Weise, ausgeliehen werden, weiterverkauft, vermietet oder anderweitig in Umlauf, ohne den Verlag' vorherige Zustimmung in irgendeiner Form von Bindung oder deckt andere als der, in dem es wird veröffentlicht.

This title is translated to German from its original version written in English.

CONTENTS

Die Karawane	1
Sharadambal	5
Tharavad	9
Chinnu	13
Appukuttan	16
Der Sommer der Unzufriedenheit	21
Sommerduschen	24
Issahak	30
Vaidyar	33
Pathrose	37
Der Traum	40
Mathappan	45
Subash Kunst- und Sportverein	53
Militär Madhavan	57
Sprungfrösche	63
Das Talkum Mädchen	67
Das Volleyballspiel	72

Die Verletzung	80
Benz Vasu	86
Übergehen	91
Saira	94
Familientreffen	98
Moideen Haji	103
Malabar Königin	107
St. Philominas Kathedrale	111
Einfach rein	115
Rückblick	123
Martin	126
Das Leben ist eine magische Kiste	129
Über den Autor	***133***

Die Karawane

Unser Leben folgt immer einer vorher festgelegten Spur. Google Maps ist natürlich eine viel geringere Version.

Schließlich kletterte die lange Karawane auf den Lateritweg, der auf den winzigen Kieselsteinen knarrte und den feineren Staub zusammendrückte, der seit Monaten nicht mehr benetzt war. Es war stockdunkel bis auf die Hurrikanlampen, die unter den Karren baumelten. Hunde in der Nachbarhaube heulten und begleiteten sie in die Ferne und zogen sich dann zurück. Der Regen war weiter weg und die rote Erde war ausgetrocknet. Die Tiere kannten ihre Route gut. GPS war so gut in ihrem Gehirn verankert, dass der einzige Karrenmann im vorderen Karren friedlich einschlafen konnte. Der Rest folgte. Gelegentliche Stöße an den Durchlässen erinnerten ihn an die zurückgelegte Strecke. Cheru Mappilai, der im letzten Wagen saß, erwachte selten aus seinem betrunkenen Schlaf. Er rollte leicht auf der Schilfmatratze, den Mund auf das Kissen gedrückt, und malte frische Designs mit dem Käferfleck. Tiere würden erst am nächsten Wasserloch anhalten und das würde nicht sein, bevor der Nordstern am östlichen Horizont erscheint.

Schließlich blieb die Karawane stehen. Kuriakku stieg aus und schlenderte mit den Tieren zum Wasserloch. Er schlug einige seiner Favoriten auf ihren Hintern und lockerte die Nasensaiten einiger anderer.

" Dies ist deine letzte Reise. Maimadali hat Ihren Preis bereits ausgehandelt." Er in die Ohren eines älteren murmelte und schlug mit den Ohren in der Annahme. Maimadali war der Metzger im Dorf. Kuriakku rollte seine Handflächen über die Rippen und schnippte die Flöhe als Zeichen der Zuneigung weg, die ihm selten entging. Er ging zum anderen Ende des Wasserlochs, um sich zu entspannen. Als er zurückkam, wusch Cheru Mappilai sein Gesicht.

" Was war es, dass du so viel gegessen hast, um dich in so viel Zeit zu entspannen? "

Keine Antwort. Dies sind ignorierbare Sätze aus Cheru Mappilai. Sein Ausdruck morgendlicher Übelkeit. Ausbreiten Heu für die Tiere aus dem unter Bauch des Karre, unter der Leitung beide in Richtung Nambiar's Teeladen. Es gab ein kleines Treiben, als sie den Laden betraten, und die Bank wurde noch einmal von Nambiar abgestaubt, bevor sie hereingeführt wurden. Cheru Mappilai zündete einen *Beedi an* und sah sich die gerösteten Bananen an, die ihm gebracht wurden, und stellte eine wichtige Frage.

" Warum sind deine Bananen morgens so geschrumpft und geschrumpft? Oder werden sie abends wachsen? " Alle lachten. Nambiar wand sich nur.

" Vielleicht " wollte Kuriakku expandieren.

" NEIN " Cheru Mappilai hielt ihn auf. Nur Cheru Mappilai sollte hier sprechen. Das war die Norm.

Mappilai tauschte immer das Geld von seinem Platz aus. Nambiar kam und sammelte. Am Ende eines ausführlichen Dankes und eines unnötigen Ausdrucks der Knechtschaft, sehr unnatürlich für einen so großen Mann, murmelte er " Käfernuss! "

Cheru Mappilai gab Kuriakku ein Zeichen und er kam mit einem kleinen Beutel duftender Arecanut zurück, der fein gehackt und in zartem Palmblatt verpackt war, das fest mit Palmenschnüren zusammengebunden war. Nambiar roch den Beutel und sein Gesicht leuchtete.

" Das ist eine super feine Exportqualität. Nicht wie deine geschrumpfte Banane. " Cheru mappilai mit wohlwollender Arroganz dargelegt.

Nambiar nickte nur in sanfter Akzeptanz.

Seine durbar würde halten , für mehr als eine Stunde vor dem Duo auf Kumaran bewegt's Grog shop.Kumaran würde sich nur begrenzen, um die Versorgung der Grog. Karthiani war der Küchenchef, der das scharfe Fischcurry kochte und das Zentrum der Anziehungskraft war. Die ganze Durbar von Cheru Mappilai sprudelte um sie herum. Schließlich zog die Karawane am Nachmittag mit Cheru Mappilai in einem Zustand betrunkener Siesta weiter. Es streifte bis zur Dämmerung entlang, als es schließlich Luckkidy erreicht und blieb vor Sharadambal's Haus. Cheru Mappilai ist hier runtergekommen. Die Karawane würde zum Bahnhof weiterfahren. Ganesha Iyyer war der Stationsleiter. Aber er war nicht der Hausherr. Es pochte am Puls von Sharadambal.

Sharadambal

" *Amma*, Mappilai ist gekommen! " Meenakshi lief drinnen und mit einem knarrenden Holzstuhl zurück und legte sie in der Nähe des ‚ *kolam*' sie am Morgen gelegt hatten. Reihen und Reihen von Ameisen waren damit beschäftigt, das feine Reiskörnchen wegzukarren. Cheru Mappilai stieg langsam aus, wischte den Schal erneut auf seine rechte Schulter und betrat die Veranda in Zeitlupe, um sich auf den Stuhl zu setzen und den '*Kolam*' leicht zu verschmieren . Kuriakku lud eine Jackfrucht auf seine Schultern und trat ein und sagte, sie sei speziell für Meenu gebracht worden. Mappilai klopfte auf die Frucht, während er hineingetragen wurde, und drückte seine Zufriedenheit aus.

" Der Klang ist der Beweis für Geschmack und Textur." Expounded mappilai als ob das Archimedes - Prinzip zu erklären. Zu diesem Zeitpunkt hatte Sharadambal einen Becher Buttermilch mitgebracht. Mappilai nahm einen Schluck und zeigte sich auch zufrieden damit.

Jeder war mit allem zufrieden. Jetzt öffnete Mappilai seine Geldkiste, die mit seinem Schal so weit verborgen war, als wäre es ein Schmuggelartikel. Er zählte einige Banknoten und holte einen weiteren Beutel mit Münzen heraus.

" Das ist mein Geschäft mit Iyyer " Sharadambal nickte.

" Das ist mein Geschäft mit Ambal " Mappilai legte eine Goldmünze in ihre Handflächen, die sie sofort mit dem " *Pallu* " ihres Sari verknotete . Meenakshi sah nur amüsiert zu. Mappilai nippte an der restlichen Buttermilch in einem Zug und das aufwändige Protokoll war beendet. Ganesha Iyyer war jetzt verantwortlich für die Käfernussfracht, die zu vielen Orten wie Thanjavur, Kumbakonam und Mysore fahren sollte. Es wurde dunkel. Meenakshi brachte eine Hurrikanlampe zur Türstufe. Mappilai zündete einen *Beedi an* und sein Rauch bewegte sich im Kreis. Meenakshi versuchte es wegzuwinken. Aber es kreiste immer wieder auf sie zu. Dennoch ging sie nicht weg, weil

Cheru Mappilai sich öffnen wollte. Er brachte immer einige sehr interessante Geschichten aus Malabar mit

Sowohl Sharadambal als auch Meenakshi kannten fast jeden in der gemeinsamen Familie von Cheru Mappilai, als er sie in seinen verschiedenen Erzählungen präsentierte. Chinnu war die neueste

Sensation in den Geschichten; die Tochter seines älteren Bruders.

" Ein Stück Holzkohle " Er würde sie oft beschreiben.

" Oh du weißt, unser Chinnu ist fast im Käfernusssirup ertrunken. "

" Oh, oh! ' Sharadambal' rief ungläubig aus. "

" Armes Ding! Was ist passiert? "

" Wie ich dir immer sagte, ist sie ein tanzendes Holzkohlestück; immer unruhig. Sie tänzelte um das glühende, süße Sirupboot herum, frisch dekantiert und fiel dann plötzlich um. " (Jaggery-Sirup wird als künstlicher Süßstoff für die fein gehackte Käfernuss hergestellt, die darin eingetaucht und dann auf Bambusmatten in der Sonne getrocknet wird. Diese werden in langen Holzbooten wie Behälter aufbewahrt.)

" Herr Jesus! Thethu Amma sah es und zog sie sofort an den Haaren heraus und tauchte in die Wasserwanne. Als ihr Hemd an ihrem Körper klebte und sie eine aufgeblähte Geleemasse war, von der immer noch Sirup tropfte. Sie quietschte und heulte, bis ihre Stimme heiser wurde. Sie wand sich und brutzelte wie ein ' *varaler* ' Fisch, der aus dem Teich in die Reisfelder sprang.

" Hast du den ' *vaidyar* nicht *angerufen* ?" Sharadambal intervenierte.

" Hat er einen magischen Balsam dabei? Er ließ sie auf frisch geschnittenen Wegerichblättern liegen und beschmierte ihren Körper mit einer fettigen Salbe mit einem schrecklichen Gestank. Die Arbeiter standen die ganze Zeit im Kreis und fächelten sie auf. Trotzdem rollte sie sich herum und krächzte wie ein verzweifelter Rabe, der ihren kirschroten Mund weit öffnete. "

" Dann? " Meenakshi einschneiden.

" Nach zwei Tagen entwickelte sie am ganzen Körper tomatengroße Furunkel. "

" Meenu, geh ins Bett. Es's a schreckliche Geschichte. Genug für den Tag. " Sharadambal war plötzlich Heck in ihrer Stimme.

" Es' ist nicht nur eine Geschichte Ambal! "

" Ja, ja " Sie nickte und flüsterte etwas mehr.

Ganesha Iyyer war noch am Bahnhof und traf Vorkehrungen für den Versand der Fracht zu ihren verschiedenen Zielen.

Tharavad

Cheru Mappilai verlor viel von seinem Glanz, den er ausgestrahlt hatte, als er den ' *Tharavad* ' betrat . Ukkuru ' *Muthalali* ' würde ihn sehr brüsk nennen

"Cherooooo? "

Und er sollte sich sofort melden. Er war sein Onkel. *Muthalali* saß im Portikus des Herrenhauses in einem *weiten* Sessel, dessen Beine auf die Fußstütze gestreckt waren, die sich fächelte und in regelmäßigen Abständen Befehle erteilte, die sofort befolgt wurden. Er duldete keine Verzögerung.

Das Herrenhaus war ein zweistöckiges Gebäude aus Lateritsteinen und Kalkmörtel. Es war spärlich eingerichtet. Spulen aus Schilfmatratzen, die an verschiedenen Ecken des Portikus geneigt waren, bildeten die Sitzordnung. Immer wenn Besucher ankamen, wiesen *muthalali* auf bestimmte Ecken hin, von denen diese Matratzen abgeholt werden sollten. Dies bestimmte die Hackordnung des Besuchers. Die Menschen bestimmten daraus ihre Entfernung oder Nähe zu ihm. Einige von ihnen durften nicht einmal die Stufen betreten. Eine lange Veranda jagte das gesamte Gebäude, in dem Kinder herumliefen und während des Monsuns ihre Spielzeugkarren fuhren, und Damen banden ihre Wäscheleine zusammen, die oft von dieser höllischen Brut gestürzt wurde.

Rechts von der Villa neben dem weitläufigen Gelände verliefen Reihen von strohgedeckten Schuppen. Dies war die berühmte Käfernussfabrik, in der täglich Sack für Sack verarbeitete Käfernüsse produziert wurden. gehackt und duftend in verschiedenen Geschmacksrichtungen und verpackt in zarten Areca-Palmblättern, die gekocht und getrocknet wurden. Die Fabrik war mit Dutzenden von Arbeitern besetzt, die in Schichten arbeiteten. Pathu war der Doyen der Fabrik. Er verbrachte praktisch seine Lebenszeit in der

Fabrik. Das Mittagessen wurde dorthin getragen und er kam nur zum Schlafen in die Villa. Weder eine einzige Nuss wurde ohne sein Wissen geknackt, noch ein einziger Beutel ging ohne seine Erlaubnis aus. Er überwachte ständig die Ausgabe. Er war Ukkuru *muthalali* ' Cousin und sie waren auf einer Stufe. *Muthalali* ging immer in die Fabrik, um mit ihm über Geschäfte zu sprechen, und dann herrschte in der Fabrik eine gedämpfte Stille. *Muthalali* verlor seine Frau in jungen Jahren und sein einziger Sohn wuchs mit dem Rest der Brut auf. Er hat ihm nie besondere Aufmerksamkeit geschenkt. Aber Thethu Amma tat es. Sie sorgte dafür, dass er gut aufgehoben war. Sie war Pathu's Frau. Wenn Pathu ruhig und sanft zu einem Fehler war, war sie eine Löwin, die mit eiserner Hand die Küche leitete. Schwiegertochter zitterte einfach in ihrer Gegenwart und Kinder rannten weg, als sie ihren Schatten sah. Arbeiter zitterten und stammelten, als sie von ihr befragt wurden. Sie hatte solchen Mut, dass sie jeden Mann körperlich bedrohen konnte, und das tat sie manchmal.

Es wurde dunkel und bald kam die Nachricht, dass die Karawane auf dem Rückweg war und den Feldweg zur Villa betreten hat. Ein großer Freudenschrei brach aus den kleinen Monstern der Villa hervor und sie eilten zum Tor der Villa. Sie bemühten sich, einen Blick auf den letzten Karren der Karawane zu werfen, denn all ihre Hoffnungen lagen dort. Cheru Mappilai brachte immer Körbe mit Orangen und süßem Fleisch mit, wenn er zurückkam. Es war teilweise, um das böhmische Leben zu maskieren, das er in den letzten Tagen geführt hat. Kuriakku würde selektive Lecks machen. Er war nicht zuverlässig. Sogar Thethu Amma liebte Süßigkeiten. Das war also die beste Option; die beste Vertuschung.

Der erste Korb wurde entladen und es gab ein virtuelles Chaos von den kleinen Monstern. Chinnu lief völlig nackt mit Wunden herum, die noch nicht vollständig geheilt waren. An mehreren Stellen lösten sich Hautflecken ab und hinterließen schreckliche

Narben, und sie sah aus wie ein kleiner Oger. Die anderen Karren waren lustlos zu dem offenen Fleck im Hinterhof gewandert, und die Tiere hockten auf ihren Hinterbeinen, als sie vom Joch befreit waren und die rohe Erde rochen, die sie einige Tage zuvor zurückgelassen hatten.

" Kuriakoooo " - der Anruf kam von *Muthalali* . Es war wie die erste Salve einer ungeduldigen Artillerie.

Kuriakku rannte los, um einen Blick auf Cheru Mappilai zu werfen. War es eine Drohung, ein Waffenstillstand oder ein Pakt? Nur sie wussten es. Dieser flüchtige Moment ihres Lebens war schwer belastet. Es hat ihr Leben in vielerlei Hinsicht verzahnt.

" Sollte er alles wahrheitsgemäß erzählen?" Dachte Kuriakku ärgerlich. Er war praktisch die Sicherheit, die mit der Ladung verbunden war.

Was herauskommen kann, wird herauskommen und was nicht, wird nicht herauskommen. Es's alles in den Händen Gottes. Er tröstete sich. Ein leichter Versprecher würde die Beweislast erheben. Manchmal *Muthalali* scheint jovial zu sein, und geben Sie auch in einem freundlichen Geplänkel nur plötzlich bösartig zu werden. Cheru Mappilai würde herumhängen, bis das Kriegsgericht vorbei war. Aber er wurde nie von *Muthalali angesprochen* und weitgehend ignoriert. Manchmal machte ihn das wütend.

Chinnu

" Öffne deinen Mund ", sagte Cheru Mappilai mit einer singenden Beugung zu seinen Worten und er selbst öffnete seinen käferbefleckten Mund wie eine Demo.

Chinnu starrte ihn einfach an. Sie war in zwei Gedanken.

" Ich möchte es riechen! "

Sie hatte angefangen, einen kleinen Mantel zu tragen. Es war ein Mango-Grün, ihr Favorit. Sie starrte auf die silberfarbene Blechdose und den silbernen Löffel in den Händen von Cheru Mappilai. Alles, was Sie bemerkten, als Sie sie ansahen, waren ihre bauchigen Augen, die Sie anstarrten. Sie hatte die Angewohnheit, dich direkt anzusehen und immer den Augenkontakt herzustellen. Sei es ein Kampf mit den Geschwistern, Lachen oder Weinen, sie starrte dich immer durch ihre großen Pupillen an.

Cheru Mappilai brachte die Blechdose nahe an ihr Gesicht.

" Oomph! Er überredete sie.

" Sharadambal hat dieses Gewürz speziell für Sie herstellen lassen. Sehr süß " " Oomph! " Chinnu teilte auch seine Ansicht und öffnete den Mund.

" Wie sieht sie aus? "

Cheru Mappilai gab vor, nichts zu hören und tauchte den Löffel noch einmal in die Blechdose.

" Ist sie weiß? " Chinnu anhielt.

" Ja, sie ist milchig weiß "

" Hast du sie berührt? "

Cheru Mappilai brachte den nächsten Löffel in Richtung ihres Mundes. Seine Hände zitterten.

" Warum sollte ich sie berühren? Sie ist eine Frau. "

" Ich möchte sie berühren " und sie öffnete den Mund wie eine gespaltene Tomate.

" Was ist mit Meenu? Ist sie auch weiß? "

" Ja, sie ist auch milchig weiß" Scheint, als würde Chinnu die Antwort nicht mögen.

" Genug für den Tag. " Sie wischte sich den Mund mit der Vorhand und lief weg drückt ihr Haar zurück mit beiden Händen zerzaust.

" Sie don't wollen, sie berühren? " - Cheru rief zurück.

' Nein, nein. Niemals ' - schrie sie zurück und hob die Hände.

Appukuttan

Chinnu rannte in die Küche. Ihr Morgenbrei war in einer kleinen irdenen Schüssel zusammen mit einer Paste aus Chilischoten und Zwiebeln fertig. Der Brei wurde von der vergangenen Nacht gehalten. Es war leicht fermentiert und kühl.

" Dies wird deine Sommerpause sein. "- so sprach Thethu Amma.

" Um deinen Körper kühl zu machen. Wunden sind nicht vollständig geheilt. "

" Ja "

Chinnu mochte auch die Diät. Also keine Probleme.

Alle ihre Tanten, jung und alt, waren damit beschäftigt, das Reisfeld auf den riesigen Bambusmatten zu verteilen. Es muss vollständig trocken und feucht sein, um in den Getreidespeicher zu gelangen. Thethu Amma würde die endgültige Zertifizierung geben. Das wäre ein Tag des kleinen Jubels für sie. Sie beaufsichtigte die Aktivität auf einem Besenstiel auf der Veranda. Schnell brechen kann warten.

Chinnu wählte eine dunkle Ecke in der Küche mit einem Fenster, das sich zu dem leicht buckligen Ödland dahinter mit Viehstall und kleinen Gemüsestücken öffnete.

Cheru Mappilai öffnete die Tore des Viehstalls und ein Paar Büffel fiel sehr ungeschickt heraus. Alles war nach einem Flussdiagramm. Er kam vorbei und drückte auf ihren Hintern und sie wussten, wohin sie gehen sollten. Er hatte ein Händchen im Umgang mit Tieren und Kindern. Beide mochten ihn. Sie schlenderten ohne Eile über das Ödland, leckten das Gras und machten gelegentlich eine Pause, um etwas zu essen. Chinnu beobachtete sie, bis sie über dem Ödland in den Areca-Plantagen verschwanden, die in riesige Reisfelder abfielen.

Appukuttan würde die Kontrolle über sie übernehmen, sobald sie den Unterlauf der Plantage erreichten. Er war bereits dort und schälte die trockenen Lehmklumpen ab, die an den Zähnen des Pfluges klebten, und spuckte den roten Käfersaft lange und hart auf eine ArecaPalme, als wollte er einen Punkt beweisen. Er stellte die Bestien mit minimalem Aufwand auf das Joch. Ein hartes Grunzen mit verschiedenen Dezibel, gepaart mit ein wenig Drängen und Stupsen, löste das Problem. Die Tiere gehorchten. Es war ihr privater Wortschatz.

Appukuttan hatte eine Ebenholzbräune. Er war schlaksig mit harten Sehnen und dunklem lockigem Haar, das nie gekämmt wurde. Hohe Wangenknochen vergruben seine Augen in tiefen Höhlen, von wo aus sie neugierig in die Welt blickten. Er beobachtete alles um sich herum und durchschaute sie. Er hatte diese perfekte Gabe des Timings; wann man Stellung bezieht und wo man steht. Es war so glatt wie das Rauschen seiner Hände in demselben rhythmischen Bogen, in dem Reis in die matschigen Felder gesät wurde. Vielleicht könnten Sie ihn Amphibie nennen. Er verbrachte die halbe Zeit im Wasser, pflügte die matschigen Felder, fischte in den Mondnächten auf seinem ausgehöhlten Palmenboot, tauchte ins Wasser, um die Bunts zu bauen, bemannte die riesigen Wasserräder, um das Wasser auf den Reisfeldern auszuspülen oder einzuspülen oder Aufstellen von Fischfallen im flachen Wasser. Wann immer er einen guten Fang hatte, brachte er das Beste in die Villa. Er ließ es mit Chinnu an einer Handfläche hängen und wartete nicht darauf, die Zahlung abzuholen.

Er wusste, dass es zur richtigen Zeit kommen und kommen würde. Die Familie besaß vier große Fischteiche auf den Feldern. Der richtige

Zeitpunkt für den Fang begann mit Ostern. Das Wasser würde mitten im schwülen Sommer am niedrigsten sein und das Treiben der Ernte wäre vorbei. Die Leute würden eifrig darauf warten, nach einer langen Fastenzeit frischen Fisch zu haben. Fast das gesamte Dorf sammelte sich am Rande des Teiches. Es gab ein großes Keuchen, als das Netz jedes Mal angehoben wurde. Chinnu rannte einem seltsamen Fisch hinterher, der aus dem Korb in die kargen Felder entkam. Jedes Mal, wenn sie es erwischte, wand es sich. Schließlich stürzte Appukuttan mit nur hüfttiefem Wasser in den Teich, um alle ' *Kari*' - Fische auszuspülen , die es geschafft hatten, sich an den unzähligen kleinen Felsvorsprüngen des Teiches festzuhalten. Es war keine leichte Aufgabe. Sie waren extrem schleimig und hatten scharfe Stiche auf beiden Seiten des Kiefers. Mit nur einem Wackeln könnten sie dich so hart stechen, dass du es im Leben nie vergisst. Aber Appukuttan hat sie einfach wie Rosenblätter herausgerissen. Am Abend wurde genügend Vorrat für das Herrenhaus in großen Wasserwannen gelagert und einige an Verwandte geschenkt, die auf der Straße lebten. Der Rest stand Appukuttan zur Verfügung. Er überflutete den Markt mit lebendem Fisch. Er war ein Experte bei der Festlegung des Markttempos. Zu Zeiten, in denen das Tempo nachließ, ließ er einfach einen Aal los, um den Markt zum Treiben zu bringen. Ukkuru *muthalali* würde niemals etwas davon haben, denn er glaubte, dass es das Kopfgeld von Lord dem Allmächtigen war und dumm war, daraus einen Gewinn zu machen. Appukuttan betrat den Wirbelladen mit tanzenden Schritten und klingelnden Beuteln. Er hat viel geleert. Hatte aber noch genug zum Mitnehmen. Dieses Fest dauerte einen Monat, bis alle vier Teiche geleert waren. Gesalzener Fisch wurde an Schnüren aufgehängt und in jedem Hinterhof getrocknet.

Der Sommer der Unzufriedenheit

Alle zwei Wochen bewegte sich die Karawane auf den ausgetretenen Pfaden auf und ab. Ältere Tiere wurden durch jüngere ersetzt.

Cheru mappilai brachte mehr und mehr Nelliampathy Orangen und Kinder quetsche die Schalen einander in' s Augen. Aber es war ein Sommer der Unzufriedenheit. Wolken schwelender Spannung stützten sich. Zu seiner großen Bestürzung bemerkte Pathu, dass die Einnahmen nicht mit den Exporten übereinstimmten und brachte es *Muthalali* zur Kenntnis . Beide *sahen sich* einige Zeit an und schließlich *sagte* Muthalali:

" Ja; wir werden die Ratte fangen "

Also wurde die Falle gestellt und Kuriakku wurde gerufen, um die Blasen einiger Bestien vor der nächsten Reise zu überprüfen. Es war fast dunkel. Er wurde zum Viehstall gebracht, um nach den Tieren zu sehen. Plötzlich öffnete sich in der Dunkelheit eine Tür und er wurde in einen Vorraum geschoben. Niemand ist sich sicher, was folgte. Appukuttan wurde nach einiger Zeit durch die Hintertür gesehen und *muthalali* zog *Kuriakku* praktisch aus diesem Kerkerloch heraus. Kuriakku verdrehte die Augen wie an einem seltsamen Ort. Er war aschfahl und hatte ein geschwollenes Gesicht mit blutigen Blutergüssen. Er humpelte bei jedem Schritt mit einem gedämpften Stöhnen.

" Also waren es fünfzehn Ladungen, du Bastard? "- murmelte *Muthalali leise* .

" Oder mehr? "

" Nein " Es war ein Flüstern.

" Nicht wieder in meinen Augen,

Bei Tagesanbruch aus dem Dorf "

Kuriakku kroch quasi durch das Viehgatter in die Dunkelheit. Danach hat ihn niemand mehr gesehen oder über ihn gesprochen. Niemand hat es öffentlich diskutiert. Es gab mehrere gedämpfte Flüstern. Es war auch eine Warnung an alle.

" Mische dich nicht in die Villa ein. "

Cheru Mappilai war ungewöhnlich betrunken. Er saß auf seinen Hüften, den Rücken auf dem riesigen Wasserrad gestützt, das auf die Areca-Palmen geneigt war. Appukuttan breitete sich auf einem Bündel Palmblättern aus und bildete ein Kissen aus seinem weichen Spatel.

" Also hast du ihn schwarz und blau geschlagen. " Seine Stimme schlürfte, als hätte er starke Schmerzen.

" Du hättest ihn erledigen können! "

" Ja, ich hatte die Lizenz. Aber schauen Sie sich diese Hände an. manchmal don ich sogar't ihnen vertrauen. Sie verhalten sich sehr seltsam. "

Appukuttan streckte seine langen sehnigen Arme aus und zuckte mit den Fingern.

" Manchmal wissen sie es besser. Außerdem war dieser Bastard ein echter, den ich je gesehen habe. Gerade gewann't give in. Er gab nur die Hälfte der Geschichte "

" Und trotzdem lässt du ihn! Wie viel wurdest du bezahlt? "

" Ein Akt der Güte, kann man es nennen. Alles ist nicht für Kulis gemacht. Es ist eine Frage des gegenseitigen Verständnisses. Nennen wir es eine Überlegung. So oder so ist es. Immerhin war es nicht alles für sich. Und für die andere Hälfte der Geschichte, was macht es für mich aus? Du kannst es mir jederzeit sagen. "

Appukuttan sah Cheru Mappilai fragend an. Das Gespräch endete dort. Cheru Mappilai stand auf und ging weg. Er wusste, dass er genagelt wurde.

Sommerduschen

Die Sendung für die nächste Reise war fertig. Aber wer wird die Karawane führen? Die Frage war obersten in jeder's Geist. Selbst Familienmitglieder des Herrenhauses hatten keine Ahnung. Cheru Mappilai war ziemlich lustlos und trank seine Zeit auf der Plantage aus. Selten kam er in die Villa, um überhaupt zu schlafen. Seine Frau Estheramma hielt bis spät in die Nacht Wache und rollte sich schließlich mit gedämpftem Schluchzen in die Ecke des Raumes.

Dann plötzlich *Muthalali* geschickt für Cheru. Er wurde in einen halb betrunkenen Zustand gebracht

" Waschen Sie das Schwein und bringen Sie es am Abend " - und *muthalali* hob seine Beine an die *Armlehnen* des Stuhls und fächelte sich zu einer kleinen Siesta auf.

Etwas war im Gange. Die ' Villa ' war voller Flüstern. Schließlich, als die Schatten den Viehstall erreichten, erschien wieder Cheru Mappilai. Er machte ein kleines Grunzen, um *Muthalali aufzuwecken* .

" Ah! " Er gähnte und wachte auf und legt ein paar Stücke von Duft cronut in den Mund und sagte in der Tat Art und Weise.

" Die Sendung ist fertig und die Karawane startet morgen. Machen Sie sich bereit und sammeln Sie das Geld bei Pathu. Es war knapp.

Familienmitglieder, die aus verschiedenen Ecken zuhörten, tauschten viele ängstliche Blicke aus. Und schließlich kam die " Stier. "

" Appukuttan wird die Karawane führen. "

" Bastard!, Echter Bastard! "

Das war der einzige Satz, der kam zu mappilai's Meinung über Appukuttan.

" Er wusste alles und sprach dennoch kein Wort. Hat mich zu einer Marionette gemacht. Das war also die 'Überlegung ', von der er sprach. "

Cheru Mappilai wütete im Inneren; Konnte aber nichts tun.

Die Karawane fuhr den Feldweg hinunter. Es war eine lustlose Reise, außer dass Cheru Mappilai zwei zusätzliche Flaschen von Karthiani sammelte. Appukuttan hielt an seiner Aufgabe fest. Er blieb unauffällig. Er wusste, wie man seine Wache hält und wann man in

Hochspannung gerät. Er hatte den Instinkt eines wilden Tieres, das die Beute verfolgte. Es wurde nicht viel zwischen ihm und Cheru Mappilai ausgetauscht. Es schien wie eine Meister-Diener-Beziehung, die es nie war, und diese ärgerte Mappilai bis zu einem gewissen

Grad. Es war ziemlich spät, als sie das Geschäft am Bahnhof beendeten. Mappilai kehrte mit Iyyer zurück. Der Wohnwagen wurde in der Mangohain gegenüber Iyyer geparkt's Haus. Es war stockdunkel und laute Donnerschläge dröhnten, gefolgt von Zick-Zack-Blitzgrafiken, die wahnsinnig davonliefen und eine surrealistische Collage präsentierten. Die Bäume, die Karren, die Tiere, die alle als flüchtig dargestellt werden, befreien sich. Appukuttan zog den Sackvorhang herunter und zog sich in seinen Wagen zurück. Iyyer und Mappilai setzten sich an einen kleinen Tisch an der Ecke der teilweise überdachten Veranda. Mappilai holte mit einem bösen Lächeln zwei Flaschen auf den Tisch.

" Dies sind ' Karthiani Sommer Specials, eine gute Gesellschaft für die Sommerduschen','Ambal, bringen einige, *ooruka*' (Gurke) ," Iyyer sah hinein und rief sie an.

Sharadambal kam mit einer roten würzigen Gurke in einem kleinen Teller. Das süße Aroma von Jasminblüten wehte zusammen mit dem Rascheln ihres Kleides herein.

Blitze zeigten ihr Profil in vielen unmöglichen Winkeln.

" Ambal, du siehst wunderschön aus " Und sie wurde rot. Cheru Mappilai konnte nicht anders. Im Tumult des Donners wurde die Tür sanft geschlossen. Der Regen fiel mit aufgestauter Wut. Der Donner hörte auf, wenn auch zögernd. Der Gestank des ' karthiani' - Specials ersetzte das Aroma von Jasminblüten, nach dem sich Cheru Mappilai heimlich sehnte. Nach einiger Zeit, obwohl der Regen ununterbrochen ausströmte, gab es ein leises Knarren und die Tür öffnete sich wieder. Sharadambal guckte heraus.

" Bitte komm rein, du wirst nass. "

Ihre Stimme zitterte. Iyyer war bereits über dem Tisch zusammengesunken.

Cheru Mappilai verpflichtet.

" Wie war der Regen? "

Cheru mappilai wurde in Appukuttan räkelt ' s leere Wagen auf dem Weg zurück, um ein Gespräch zu anstimmen versuchen.

" Wa wa wa; muss mehr als eine Stunde sein. Ich guckte aus dem Wagen. Die Tiere wurden unter dem zusammengekauert *peepal* Baum, Ihre erste Reise brachte solche Regenfälle!"

" Gut oder schlecht? "

" Was? "

Er didn't wie es. Natürlich spürte Mappilai es. Appukuttan wechselte geschickt die Strecke.

" Wir kamen zu dem Iyyer's Haus suchen für Sie. Nur Iyyer war völlig durchnässt auf der Veranda. Armes Ding. Ich zog ihn in eine Ecke. Hat dir die Nacht gefallen? "

Das Gespräch brach ab und Mappilai wechselte kurz zu seinem eigenen Wagen.

Chinnu war nicht am Tor, als die Karawane ankam. Sie genoss eine Fahrt mit gekreuzten Beinen auf dem weichen Spatel eines Palmwedels, der sich an seinem Stiel festhielt. Eapen zog sie mit rasendem Tempo den Hang des buckligen Brachlandes hinunter. Eapen war *Muthalali*'s Sohn. Er war fair und gutaussehend mit einem mädchenhaften Kichern. Er hat ihre Namen nie genannt und sie waren gute Freunde. Chinnu teilte immer gute Sachen mit ihm. Es gab ein tolles Gerangel um die Orangen aus dem Korb. Sie waren schon zu spät. Sie tauchte den Kopf lange in den Nahkampf und kam mit einer Orange in beiden Händen heraus. Eapen suchte immer noch nach einer Öffnung. Sie warf ihm einen zu.

Sie entdeckte Cheru Mappilai auf den Stufen des Viehstalls und sprintete zu ihm. Estheramma war an seiner Seite. Immer noch keuchend sprang sie in seinen Schoß.

" Hast du diesmal Ambal berührt? " Chinnu neugierig.

' Schlag! ' - das war ein enger Schlag von Estheramma, der beide taub machte. Nach einer Sekunde öffnete sich Chinnu. Und sie lief auf die Mansion blöken wie eine von Tethuamma ' s Ziegen.

Issahak

Der sengende Sommer ging zu Ende. Die Erde lag unfruchtbar und müde. Bäume hatten ihre Früchte vergossen. Kinder waren damit beschäftigt, die restlichen Cashewnüsse über der glühenden Glut des offenen Kamins im Hinterhof zu rösten. Abendgewitter versprachen die Ankunft des Monsuns, aber es kam nie. Dann kam es eines Abends unangekündigt wie ein Postbote mit dem Brief und verbreitete ein berauschendes Aroma des Bodens in jeder Ecke.

" Was ist das? Was ist es? " Chinnu schnupperte um und fragte.

" Es ' s die Erde Schwitzen " kicherte Eapen.

" WAS? " Eapen kicherte wieder. Er hatte lustige Antworten auf viele ihrer Fragen.

Regen wurde jetzt zur Routine. Brunnen füllten sich, Farne sprossen, kleine Quellen brachen aus und Kinder husteten und niesten.

Dann kehrte *Muthalali* eines Abends nach einer nicht angekündigten Reise zurück. Im ' Villenwagen ' saß ein junger Mann mit ihm. In dem Moment, als er zurücktrat, gab es einen lauten Schrei.

" Issahak! " Es war Chinnu.

Und die ganze Brut kam laut

" Issahak, Issahak, Issahak -"

Issahak wurde ein ärmelloses weißes Hemd mit einem Trage, V ' Hals. Er hielt eine kleine Metallbox in der linken Hand und hielt die rechte Faust fest geballt. Obwohl er ein Held in der Gruppe war, fühlte er sich in der gegenwärtigen Situation ein wenig unsicher.

" Du kannst die Kiste in meinem Zimmer aufbewahren und mit ihnen auf der Veranda schlafen. "

Muthalali ausgesprochen und das löste alle Unsicherheiten seines Status. Es war klar, dass er einen Schnitt über dem Rest behandelt werden sollte.

" Mathunny, pass auf ihn auf ", folgte der Untertext .

Chinnu trat vor und hielt seine geballte Faust zum Öffnen; die Finger, einer nach dem anderen.

Und er war verpflichtet.

" Leer? ho ho ho - "

Sie lachte und lachte und alle lachten.

Schließlich lachte auch Issahak. Das Eis war geschmolzen.

" *Ayyayyo* o! *Ente yesuve* (Oh! Mein Jesus!); Ich dachte, Thandamama wäre hier in diesen Regenfällen. "

Es gab ein großes Geschrei im Hinterhof. Es war Tethuamma. Bald versammelten sich alle Damen und schauten ungläubig auf das Kohleporträt von Thandamama auf einem weiß getünchten Fleck in der Nähe der Hintertür des Herrenhauses. Sie befand sich an der Schwelle der Stufen, und der Regenschirm aus Palmblättern war schräg zur Säule geneigt. Wassertropfen tropfen immer noch nach unten.

" Es ' s unsere Issahak. Wer sonst? " Alle waren sich einig.

Bald erledigten alle Damen ihre morgendlichen Aufgaben; Reinigen Sie die Gefäße und heben Sie oft den Kopf, um Thandamama anzusehen. Die Wassertropfen tropften immer noch über den Regenschirm.

Offensichtlich hatte Issahak der Villa eine neue Dimension hinzugefügt. Als Thandamama plötzlich verstarb und ihr Mann seine Absichten aus einer zweiten Ehe *klar* machte, zögerte *Muthalali* nicht weiter. Er brachte seinen Neffen in die Villa.

Vaidyar

In diesen Tagen betrat und verließ Shankunny Nair die Villa ziemlich häufig. Inzwischen war niemand mehr besorgt. Er war es, die Kräuterpasten und Mischungen für die Vorbereitung auf *Muthalali* ' s Behandlung. Leicht lahm; Mit diesen Zebrastreifen aus heiliger Asche am ganzen Körper schien er es die ganze Zeit eilig zu haben. Das Furunkel, das sich im Nacken entwickelte, würde niemals heilen. Es eiterte, platzte, schloss, eiterte und öffnete sich wieder. Tatsächlich grub es sich sanft wie die Termiten in das harte Holz.

Der bloße Anblick von Shankunny Nair würde die Stimmung in Cheru Mappilai verbessern.

" Gegrüßet seist du dem Retter! " Er würde brüllen.

Und der Stich würde folgen.

" Wird bald etwas passieren? "

Cheru Mappilai wurde leicht rebellisch und ungeduldig. Er fühlte, dass etwas unmittelbar bevorstand. Und alle dachten es. In diesen Tagen war

Muthalali auf eine Couch *gefallen* . Er fühlte sich sehr unwohl. Etwas wurde nicht diagnostiziert. Wangen ausgehöhlt, Brust eingebrochen, Hände und Beine drahtig; Der Löwe in ihm war immer nur ein Trugbild. Jeden Abend besuchte ihn Pathu und sie unterhielten sich lange. Es war immer in tiefen Tönen. *Muthalali* konnte seine Stimme nicht lauter belasten und Pathu wollte nie darüber hinausgehen. Unveränderlich würde ihr Gespräch von Cheru Mappilai eingeschränkt werden, der irgendwann brüllte, um seinen Eintritt zu markieren -

" Was planen diese beiden Elefanten im Dunkeln? "

Der Extempore würde sich über die zulässigen Grenzen hinaus hin und her ziehen, bis Issahak irgendwann einspring, um ihn in Sicherheit zu bringen.

" Es geschah während einer dieser Hin- und Rückfahrt" der Karawane. Sie waren an ihrem gewohnten Treffpunkt. Die Tische waren leer und sie saßen sich gegenüber. Es war sehr ruhig. Mappilai verabscheute heutzutage die Stille. Es ließ seinen Puls rasen.

" Was für ein Appukuttan; didn't get etwas Interessantes dieses Mal? "

Cheru Mappilai versuchte, in eine Art Gespräch zu knabbern, als er langsam sein Glas' Karthiani Special' hob.

Jacob Job | 35

" Ho, ho! Ich habe vergessen, dir Mappilai zu erzählen traf Kuriakku am Bahnhof. Nach dir gefragt. Wunderbar! Wunderbares Freundschiff; Ja! das ist es "

Cheru Mappilai stoppte sein Glas auf halbem Weg. Er sah Appukuttan an, als hätte er einen Geist gesehen.

Ohne Rücksicht auf all das fuhr Appukuttan fort.

" Er ist gut weg: Ich muß sagen - wurde ein blaues Hemd mit Kragen und eine in voller Länge tragen, *veshti* '- jetzt mit einem Arbeits *Chettiar* von Pollachi. Pläne, hier bald ein Geschäft zu eröffnen. Einfach für ihn, besonders wenn er den Trick des Handels kennt. *Muthalali* oder *Chettiar* , Trick ist der gleiche. Ein bekannter Partner ist immer besser als ein Fremder. " Appukuttan kicherte.

Mappilai hörte Appukuttan zu, als würde er ein Orakel hören.

" Und das Wichtigste ist, dass er ein Angebot für Sie hat. Versprochene Rückfracht für den Wohnwagen. Es ist ein cooles Geschäft. Keine Bosheit Mappilai."

Appukuttan streifte weiter.

" Seine ältere Tochter hat die Schule abgeschlossen und ist weit weg, um mehr zu studieren. Die Frau ist jedoch nicht gesund. " Es war, als ob Mappilai vom Blitz getroffen wurde. Sein Kopf drehte sich.

" Die Scheißer didn't es lassen die ganze Zeit über und schlug es, wenn ich gefragt. Er wusste immer, wann und wo er zuschlagen musste. Bastard! "

Mappilai sah Appukuttan's langen sehnigen Arme, die nach unten baumelte, für einen Befehl zu warten; die Arme, denen Appukuttan selbst misstraute; die Arme, die einst Kuriakku verprügelten; die Arme, die für seinen Schritt gingen, die ihm ein dauerhaftes Hinken gaben!

Appukuttan und Kuriakku - zusammen! Nein; noch nie. Mappilai leerte das Glas in einem Zug und eilte zu seinem Wagen. Appukuttan hatte es nie eilig. Er hat alles perfekt abgestimmt. Schließlich fuhr die Karawane weiter.

Cheru Mappilai kam mit hohem Fieber in der Villa an. Er hat drei Tage lang nichts gegessen. Schließlich rief Estheramma Shankunny Nair herbei, der seinen Vorderkopf mit etwas Kräuterpaste beschmierte und einige böse Tränke zum Trinken gab.

" Wird bald etwas passieren? " -Shankunny Nair sanft in die Ohren gemurmelt.

Mappilai grunzte nur und rollte sich herum.

Pathrose

" Er kann kommen. " Sagten einige.

" Er kann nicht kommen ", sagten andere.

" Er kommt ", sagten einige.

" Er kommt nicht ", sagten einige andere.

Über die Ankunft von Pathrose, die in Kochi Geschäfte machte, wurde viel spekuliert. Die Krankheit von *Muthalali* war ihm bereits *mitgeteilt worden* . Er war jünger als Cheru Mappilai und verließ die Villa in jungen Jahren, um sein eigenes Geschäft zu machen. Er trennte sich von viel Geld, also wurde gemunkelt. Sehr wenige im Dorf erinnerten sich an ihn. Einige betrachteten ihn als den verlorenen Sohn des Herrenhauses.

" Sehr modisch! " Shankunny Nair kommentierte.

Schließlich kam er eines Abends mit seinem 'Thunder Bird' an, der das Dorf aus seiner Müdigkeit sprengte. Kleine Kinder rasten, nachdem sich das Fahrrad im Staub vermischt hatte. Niemand hatte so etwas gesehen. Die Damen überredeten ihre Kleinen beim Füttern und versprachen ihnen, dass das Fahrrad bald vorbeifahren würde. *Muthalali* hasste seinen Klang. Es tat seinem Trommelfell weh und sein ganzer Körper zitterte. Aber Pathrose machte sich nie die Mühe und startete das Fahrrad jeden Morgen, manchmal schickte er ihn zu unkontrollierten Krämpfen, bis eines Tages Tethuamma mit einer Sichel in der Hand aus der Küche eilte.

" Pathrose! Was glauben Sie, was Sie da tun? Schau dir den alten Mann im Bett krampfhaft an. Er hat dieses Herrenhaus Stein für Stein gebaut. Gib ihm etwas Frieden. Was hast du bis jetzt gemacht? Willst du diesem kranken Mann das Leben rauswerfen? Was hast du mit all dem Geld gemacht, das ihm weggenommen wurde? Und diese dumme Maschine mitbringen, um seinen Frieden im Sterbebett zu verderben? "

Tethuamma rückte mit der Sichel bedrohlich nahe an ihn heran. Bereits hatten sich Leute am Tor versammelt. Sie war in großer Wut.

" Schau dir diese Hände an. Es trägt keinen Armreif. Es hat viele Felder geerntet. Trotzdem kann es die Sichel halten. Frag deinen Bruder. Er hat dich verwöhnt. Du warst noch nie in der Sonne. Sie haben noch nie das Salz des Schweißes probiert. Schau dir den alten Mann im Bett an. Er arbeitete Tag und

Nacht. Woher kam wohl das ganze Geld? Und du kommst mit duftenden Kleidern und dieser lustigen Maschine hierher, um uns allen den Frieden zu nehmen? "

Sie senkte ihre Stimme und trat einen Schritt näher und flüsterte mit zusammengebissenen Zähnen und einem kleinen Spritzer Spucke auf sein Gesicht.

" Möchtest du dich lieber mit dieser Sichel niederschlagen? "

Sie schnitt ihre Handfläche mit der Sichel auf und rieb das sickernde Blut mit der anderen Handfläche. Pathrose konnte ihren Blick nicht ertragen und sah weg. Thethu Amma zog sich zurück und ging zurück in die Küche, um die Sichel in einem strohgedeckten Tropfen der Veranda zu vergraben. Jeder wurde zum Schweigen betäubt und der ‚ Donnervogel ‘ war je nach still.

Der Traum

Es war eine Mondnacht und er schwebte auf einem Floß auf stillem Wasser und blickte auf die Sterne, die über ihm funkelten. Es wehte eine kühle Brise und bald bewegten sie sich wie Fischschwärme. Sie trieben zusammen mit dem Floß auf dem Wasser am Himmel. Sara rief leise von der Fähre. Sie winkte mit einer Laterne. Aber sein Floß trieb davon. Er hatte das Paddel nicht. Manchmal kam es der Fähre nahe. Jedes Mal gab es einen Windstoß und das Floß trieb davon. Plötzlich war der Wind steif und das Floß rollte herum und sie verschwand. Sterne fielen wie glänzende Kieselsteine und fielen wie winzige Sternschnuppen über das Wasser. Jetzt funkelten sie aus der Tiefe des Wassers. Nur ein Vollmond erhellte den Himmel. Langsam verwandelt es in Sara's Gesicht und begann mit den Grübchen Wangen lächelnd. Sie rief ihn immer noch an. Langsam wurde sie etwas gereizt und ungeduldig.

" Oh! Du bist immer noch hübsch. Don't wollen Eapen sehen? " *Muthalali* murmelte.

" *Appa* , *Appa* "

Eapen versuchte ihn aufzuwecken. Als Thethu Amma die Aufregung hörte, kam sie mit einer kleinen Laterne.

" *Ammama* , *Appa* murmelt etwas. Er lächelt wie ein ' *Vava* ' (Baby)" Inzwischen war auch Pathu Mappilai da. Er versuchte ihn aufzuwecken. " Ukkrupapa, was ist das? Was hast du gemurmelt? Es war niemand hier. " Ukkuru *Muthalali* öffnete die Augen. Er war schwach und müde.

" Sara hat mich angerufen. Ich habe mit ihr gesprochen "- und er schlief wieder ein.

" Bring den Priester morgen und gib ihm das letzte Abendmahl. Er bekommt Visionen von Saramamma. Er hat es eilig zu gehen. Sie können ' ihn t stoppen.

Thethu Amma beriet Pathu Mappilai.

Am nächsten Tag Abend der Pfarrer und der Küster kam in der, Villa ' Warenkorb gelegt. Issahak begleitete sie. Er trat *Muthalali*'s Kammer und genau beobachtet ihn für einige Zeit und kam mit einem emphatischen aus ' YES! ' das war ein negatives Signal und schlüpfte sofort in seine schwarze Soutane. Zu diesem Zeitpunkt hatte Issahak das Räuchergefäß mit verbrannten Kokosnussschalen gefüllt. Sexton streute ein paar Körnchen Weihrauch darüber und schwang es nach links und rechts. Mit den geringsten Zügen und Drehungen an den Räuchergefäßen webte er spitze magische Bögen inmitten der Möbel, die den Raum überfüllten. Duftende Dämpfe, die sich aus dem Räuchergefäß gewickelt und abgewickelt haben, um einen dunstigen Mais im Raum zu verbreiten. Priest schlug eine zerfetzte Bibel auf und tobte durch ein paar Kapitel, in denen er gelegentlich das Räuchergefäß auftankte, das ihm der Küster gebracht hatte, und segnete ihn mit einem Fingertipp mit der Rückseite seiner Handfläche auf Sextons Vorderkopf. Bald klammerte er sich an die Hymnen. Es war so schnell, dass selbst der Küster Schwierigkeiten hatte, mit ihm Schritt zu halten. Im sich kräuselnden Rauch mit seiner schwarzen Soutane, dem fließenden Bart und den mit rotem Käfer befleckten Lippen sah er aus wie eine Erscheinung, die bereit war, sich auf *Muthalali* zu stürzen . Allerdings *Muthalali* war blind von alledem. Er salbte *Muthalali* ' s Vorderkopf mit dem heiligen Öl und gab einen kleinen Krümel heiligen Brot mit einem Löffel Weihwasser zu waschen unten. Jetzt hatte er ihn für die nächste heilige Reise abgestempelt, versiegelt und verpackt. Nach getaner Pflicht stieg er erleichtert auf und segnete jeden, der sich näher kommen wollte.

Frauen wimmerten in den Vorkammern.

Pathu Mappilai trat mit gefalteten Händen vor.

" Maximal ein oder zwei Tage. Nicht mehr " war seine Expertenmeinung.

Er nickte und reichte ihm einen Beutel mit Bargeld. Ein kleinerer Beutel wurde auch Küster gegeben und begleitete sie zum " Villenwagen " . Issahak begleitete sie zurück.

Die Nachricht verbreitete sich wie ein Lauffeuer und das ganze Dorf strömte herein, um einen Blick auf den lebenden Löwen zu erhaschen. Aber es war ein erbärmlicher Anblick. Sie zerstreuten sich langsam und erzählten von seinen Heldentaten in der Vergangenheit.

Issahak und Mathunny hielt die Nacht's Mahnwache. Eapen hatte sich völlig erschöpft zusammengerollt. Alles war ruhig bis auf das laute Atmen von *Muthalali*. Seine Brust hob sich mit jedem Atemzug. Es war, als würde er ungeduldig auf einen Eintritt warten. Und im Morgengrauen hörte es auf.

Der Tag war eintönig und nass. Die Leute strömten die ganze Zeit herein. Cheru Mappilai saß in der Nähe des Eingangstors der Villa, als wollte er sie filtern. Pathrose war nirgends zu sehen. Offensichtlich war Pathu Mappilai der Interaktionspunkt für die Besucher. Das Wehklagen der Damen erreichte mit der Ankunft jeder Gruppe von Kindern und Verwandten ein neues Crescendo. Thethu Amma blieb stoisch. Kein Tropfen aus ihren Augen. Sie stand da wie eine Steinplatte, die Eapen auf beiden Schultern umklammerte. Issahak traf die ganzen Vorkehrungen.

Die Trauerfeier war langwierig und die Regenfälle drohten jeden Moment auszubrechen. Am Ende, als der Sarg zum Villenwagen gehoben wurde, kam er mit einem schweren Gebrüll herunter, das die Klagen und Schreie der Frauen in seiner Wut übertönte. Issahak's Hände für einen Moment zittern, als er hob *Muthalali* 's Körper in die Villa Warenkorb gelegt . Es war derselbe Wagen, mit dem *Muthalali* ihn in die Villa brachte. Jetzt hat er die Villa verlassen wie ein schwuler Junge. Tränen stiegen in seinen Augen auf.

Mathappan

" Was denkst du über mich? Ein Mörder? Es'ist meine Familie! "

Appukuttan wischte sein Handtuch ab und stand auf, um zu gehen. Aber nicht.

" Sie hat andere Möglichkeiten, hier rauszukommen, wenn Sie ihr helfen. "

" Aber sie kommt heutzutage nie mehr - selbst nachdem ich ihr das Wort geschickt habe. " Fügte Mathapan ziemlich mürrisch hinzu. Sein Gesicht war angespannt.

" Ist sie bereit, mir eine Lektion zu erteilen? Es's in ihrem Bauch von Tag zu Tag wächst. Ist sie sich dessen nicht bewusst? "

" Als du es getan hast; Warst du dir nicht bewusst? "

" Vergangenheit ist Vergangenheit. Jetzt gibt es nur noch sehr wenige Optionen. In der Tat der einzige; und du weißt es. Du wirst nicht enttäuscht sein. "

Appukuttan spähte lange in die Dunkelheit. Feuerfliegen beleuchteten den Bereich in ein ätherisches Mosaikmuster. Sie huschten herum wie unruhige verstorbene Seelen. Umbai könnte sich ihnen auch sehr bald anschließen. " Worte machen einfach Spaß. Aber sie don't Wasser holen. "

" Dann?"

" Vier Grund *Thope* (estate) mit der gut am Rande des Feldes. "

" Fertig "

" Hmmm! Dann tu es. Umbai wird eines Tages verschwinden. Früh genug. Don't Akt lustig oder wieder für mich. "

Monsun hat einige kleine Überraschungen. Die Erde wird schwammig. Felder werden überflutet und entwurzelte Bäume schweben aus dem Nichts herein. Eine einsame Pythonschlange, die auf der Suche nach Hühnern aus den Büschen streift, wird gefangen, an den Stangen festgeschnallt und im Dorf vorgeführt.

Wo ist Umbai?

Karuppan war unruhig.

" Sie hat hier in dieser Matratze geschlafen. " Karuppan bürgte zum x-ten Mal.

" Auch nachdem du hineingekrochen bist – das ganze Chaos mit Appukuttan im Wirbelladen gemacht zu haben? " Baskarapillai grinste ihn an.

" Ich sah sie hier mit 'diesen' eigenen Augen schlafen . "

Er versuchte sich immer wieder zu überzeugen. Er machte sich jetzt ernsthafte Sorgen um seine Schwester. Sie lebten in dieser Hütte am Rande des Feldes direkt von ihrer Kindermütze aus. Er hörte auf zu trinken und ging sogar nach Avanoor, wo seine Nichte lebte, auf der Suche nach Umbai. Nicht einmal dort! Er war verstört. Nirgendwo sonst zu suchen. Er verbrachte ganze schlaflose Nächte am Rande der überfluteten Felder, ohne zu wissen, wo er suchen sollte, während das Dorf saftige Geschichten erzählte, die die Monotonie gewöhnlicher Tage brachen.

Aber Umbai erschien früh genug; mit dem Gesicht nach unten, aufgebläht und schwimmend am Rand des Brunnens, dessen Wasser in die überfluteten Felder fließt; Ihre Haare schwebten im Halbkreis wie ein offener Regenschirm. Kleine Blasen entkamen durch sie. Fischschwärme knabberten an ihren Zehen. Ein dummer Frosch saß auf ihrem Hintern und krächzte schamlos. Dies war der Höhepunkt der endlosen Geschichten, die im ganzen Dorf aufblitzten.

Während Karuppan wie ein verrückter Bulle davonlief, suchten alle nach Appukuttan. Nur er konnte bei solchen Gelegenheiten etwas tun.

Aber keine Spur von ihm. Einige sagten, er wäre zu Perimpilav gegangen, um das Vieh auszutauschen. Aber die Bestien waren im Stall. Eine glaubwürdigere Version war, dass er nach Palani gegangen wäre, dem einzigen Tempel, den er draußen besuchte.

Eines Tages versuchte Issahak, das Geheimnis zu öffnen. Appukuttan meißelte die trockenen Lehmklumpen von den Klingen des Wasserrads und machte es bereit für das Feld. Niemand war da. Er kam näher und flüsterte fast in seine Ohren.

" Große Menschenmenge in Palani? "

Appukuttan zuckte zusammen und sah auf. Seine Augen waren blutunterlaufen. Er hatte Issahak nicht in seiner Nähe stehen sehen. Er machte eine Pause, nahm sich einen Moment Zeit und platzte dann heraus.

" Ain't gehen zu jedem Tempel. " - und fuhr fort, den trockenen Ton von den Klingen wegzuschneiden. Es war mehr als ein Eingeständnis, es war eine verschleierte Bedrohung; dass Issahak die Schwelle nicht überschreiten sollte. Er war eine Insel für sich. " Hmm! - Das war der Pakt Dass wir uns kennen.

Karuppan trank viel und tobte und tobte weiter mit seinen klagenden Soli vom Marktplatz in die Dunkelheit.

" Wer hat Erbai ertränkt? Ich kenne; jeder weiß Jeder weiß! "

Das war alles was er tun konnte. Manchmal jagten ihn Hunde vom Marktplatz und er durchstreifte betrunken die Straßen. Manchmal begleiteten sie ihn zum Rand des Feldes, wo sich seine Schwärmereien mit den langsamen Wellen auf dem Wasser vermischten, die langsam in der sanften Brise auf die Büsche plätscherten. Er kannte keinen anderen Ort, um Trost zu suchen.

Niemand rührte sich aus ihren Häusern und fühlte sich auch Teilnehmer dieses nächtlichen Requiems für Umbai. Das war alles was sie tun konnten.

Mathapan war im Dorf berühmt für seine schmutzigen Witze über Frauen. Aber jetzt war es aus einem anderen Grund. Er heulte den ganzen Tag und die ganze Nacht. Stille Nächte waren von seinem erbärmlichen Stöhnen durchzogen. Das alles ist zu früh passiert. In einem Tempo, das dem Dorf nicht vertraut ist, in dem sich das Leben sehr langsam wie die Karrenräder bewegte und jedes Sand- und Kieselkorn darunter fühlte und zerdrückte.

Eines Tages kam ein ‚Villa Wagen' gebracht Mathapan aus dem Krankenhaus. Amminiamma, seine Frau, stürzte vom Wagen und zog eine Blechdose heraus, die seine Sachen enthielt. Varathunni, der Karrenfahrer, kam vorbei und half ihm aus dem Karren. Niemand wusste, wann er ins Krankenhaus gebracht wurde.

Die Dorfbewohner kamen in Scharen, um den Patienten zu besuchen. Der Marktplatz diskutierte seine Krankheit. Toddy Shop und Tea Shop diskutierten auch darüber. Jeder stimmte schließlich in gedämpften Tönen zu.

" Es ' s das Verbrechen und Strafe. "

Diejenigen, die sanftmütig und passiv waren, waren philosophischer.

" Niemand weiß, was auf dich zukommt oder was dich wann treffen könnte! "

Karuppan, der einige Monate still war, sprach erneut. In den Nächten, in denen er seine betrunkenen Soli hervorbrachte, begann er erneut, durch die Straßen zu streifen. Es war lauter und schriller , als er Mathapan näherten ' s Haus.

" Wer hat Erbai ertränkt? Ich kenne; Wissen Sie Und jeder weiß es! Gott wartet nie.

Musik hören!

Musik hören!

Es's Götter Urteil "

Mathapan kreischte und jammerte vor unerträglichem Schmerz, der seinen ganzen Körper in dicken Mänteln bemalt hatte und sich auf dem Bett auf- und abwickelte.

Es war fast Dämmerung. Die Schatten krochen lautlos. Ammini Amma war in die Küche gegangen, um Tee zu kochen. Appukuttan erschien aus dem Nichts. Er öffnete die Pforte, überquerte den Hof und Mathapan eingegeben's Raum wie ein länglicher Schatten. Ihre Blicke trafen sich und Mattapan hörte plötzlich auf zu jammern. Er hatte jetzt einen viel tieferen Schmerz, der nicht in gesunde Dezibel zerlegt werden konnte. Sein Gesicht wurde blass, als hätte er einen Geist gesehen.

" Warum stöhnst und jammerst du wie eine Schlampe? " Platzte Appukuttan heraus.

" Nimm es für das, was du getan hast. "

Mathapan machte einen Versuch zu sprechen. Aber seine Stimme brach. Appukuttan konnte sehr gut in seine Gedanken lesen und sagte:

" Ich bin bereit, es zu nehmen, wenn es um mich geht. Aber nicht so. Nimm es und geh ' Mappilai! "

Appukuttan verließ den Raum so, wie er ihn betrat; wie ein Schatten, der in den Wald zurücktritt. Amminiamma kehrte mit Tee zurück und versuchte, einen Löffel in seinen Mund zu gießen. Aber er war schon ein toter Mann.

Subash Kunst- und Sportverein

Zwei wichtige Dinge geschahen im Dorf nach dem Tod von Mathappan. Einer war Mathunny, der die sechste Klasse mit Bravour ohnmächtig machte. Bald verbreitete sich die Nachricht, dass er an einem berühmten College in Thrissur eine höhere Ausbildung absolvieren sollte. Dies war der erste in der Geschichte von Peringamukku. Die Leute sahen ihn voller Ehrfurcht an. Es wurde nicht mehr erwartet, dass er über alberne Dorfwitze lachte. Tatsächlich war dies eine willkommene Befreiung für ihn, als Glied von Issahak gebrandmarkt zu werden. Seine Liebe und Bewunderung für Issahak war unvermindert. Issahak wurde immer als sein Vorbild angesehen. Tatsächlich war es Issahak, der ihn dazu inspirierte, eine höhere Ausbildung aufzunehmen, und Pathu Mappilai überredete, zustimmend zu nicken.

Zweitens war die Gründung des Subash Arts and Sports Club. Die Leute blieben stehen und schauten auf das bunte Banner zwischen den beiden Areca-Stangen. Einige waren besorgt. Sie interpretierten es als gegen die Briten. Jeder wusste, dass es Issahak war's Gehirn des Kindes. Aber er war gelassen. Viele Jugendliche sind dem Club beigetreten. Einige hielten es sogar für einen Akt des Patriotismus.

Die Geschichte von Issahak steht kurz vor der Entfaltung. Er breitete langsam Wurzeln und Zweige in das Herz und die Seele von Peringamukku aus wie ein riesiger Banyanbaum. Viele suchten Schutz unter seinem milden Schatten. Die 'Villa' bröckelte langsam. Aber Issahak erwies sich als alternative "Villa " . Er war ein Mann mit vielen Räumen und Korridoren. Er traf die endgültige Entscheidung in mehreren wichtigen Angelegenheiten des Dorfes. Er hatte das Kommando, die Stärke und die Willenskraft von Ukkuru *muthalali* . Vielleicht sogar noch mehr.

Kurz nachdem Mathunny das College verlassen hatte, trat Issahak der Dorfschule bei. Sein Unterricht war elektrisch. Kinder hörten gespannt zu. Er zeichnete wundervolle Kohleporträts von nationalen Führern und erzählte inspirierende Geschichten über sie. Die Show zum Schuljubiläum zeigte sein künstlerisches Talent. Es war eine jährliche kulturelle Extravaganz, die dem Dorf Namen und Ruhm brachte. Das gesamte Dorf versammelte sich auf dem Schulgelände, um das Programm mitzuerleben. Es ging weiter und weiter bis spät in die Nacht. Anbieter installierten temporäre Stände. Hawkers streiften durch das Publikum. Drama war der mit Spannung erwartete

Gegenstand, der bis zum Ende reserviert war. Es hatte den ungenießbaren Stempel von Issahak überall geschrieben. Er bezauberte jeden.

Mathunny kam in den Urlaub. Er brachte alte Zeitungen mit, die gelesen und erneut gelesen wurden. Er hatte immer ein kostbares Geschenk für Issahak; eine kleine Blechdose Talkumpuder. Issahak liebte Talkumpuder und schmierte es auf seinen kurzen, robusten Hals, der über die Goldkette schmierte.

Dann kam das wegweisende Ereignis. Der Subash Arts and Sports Club besorgte sich einen Volleyball und ein Netz, das zwischen zwei Areca-Stangen auf dem Schulgelände gespannt war. Mathunny spielte das Spiel bereits im College und war im College-Team.

Nachrichten verbreiteten sich wie ein Lauffeuer und die Menschen drängten sich, um das neue Spiel mitzuerleben. Bald war Issahak im Spiel hervorragend. Er hatte die Kunst des Kugelaufschlags gemeistert und donnernde Schläge über die Flanken geschickt. Faszinierende Tropfen nahmen jedem den Atem. Das Spiel wurde bald zum Stress-Buster des Dorfes. Jedes Spiel wurde in Teeläden und Wirbelgeschäften diskutiert und analysiert.

Aber die dampfenden Sommerabende mit pulsierenden Volleyballspielen traten bald mit der

Ankunft von 'Militär Madhavan' in den Hintergrund. Er wurde bald die Sensation des Dorfes.

Militär Madhavan

Paru Amma führte ein einsames Leben in Gesellschaft von zwei Hunden. Es war eine kleine Hütte, die viel in ein großes Gelände mit Bambushainen und Cashewbäumen zurückgezogen war. Sie schlug sich aus durch Haus halten lästige Arbeiten dabei , Namboodiri ' s *Illam* ' . Dies sicherte ihr auch ein gewisses Maß an sozialer Sicherheit und Würde. Da ihre Eltern aus Ceylon ausgewandert waren, war über die Familie nicht viel bekannt. Sie hielt sich von der Öffentlichkeit fern und lebte in einem Mantel der Dunkelheit. Hunde bellten jeden weg, der sich dem Territorium näherte. Es wurde gemunkelt, dass ihr Mann sie verlassen hatte. Er war in der Armee.

' Ihr Schicksal! Die Leute haben sie definiert.

" Sünden der Vergangenheit " - murmelten einige, um ein wenig Würze hinzuzufügen.

Aber der größte Teil des Dorfes war anderer Meinung. Es war ihr Schicksal. Nichts mehr; Nicht weniger. Sie lebte auf ihrer Insel der Ruhe.

" Er ist zurückgekehrt! "

Paru Amma errötete schüchtern, als sie ohne Vorwarnung zu den Nachbarn flüsterte. Die Leute zwinkerten einander zu und sahen, wie Paru Amma in großer Dringlichkeit zügig zum Lebensmittelgeschäft ging.

" Bhagavan hat ihre Gebete beantwortet ", sagten sich die Leute.

" Sünden der Vergangenheit" wurde von den Zynikern leicht als " Handlungen der Vergangenheit" modifiziert .

Militär Madhavan war plötzlich überall. Er war morgens im Teeladen, mittags im Friseursalon und abends im Wirbelladen, bis er schließlich mit stockenden Schritten nach Hause stolperte, um dann von zwei wild bellenden Hunden konfrontiert zu werden. Sie ärgerten sich immer noch über seine Anwesenheit.

Madhavan hatte einen Skorpionschnurrbart, der sich bedrohlich nach oben kräuselte. Er trug eine Khakihose und ein dunkelbraunes Militärhemd mit Schulterkragen und tiefen Taschen.

"Der beste Teil des Krieges ist nicht die Schlacht. "

" Dann? " Ayyappan stupste sanft.

Es war spät am Abend. Niemand hatte den Wirbelladen verlassen und jeder hörte zu. Madhavan hielt seine, Durbar. Leute, die auf den Stufen saßen, reckten den Hals, um genauer zu hören.

" Es ist schmutzig, krabbelt im Dschungel, Blutegel kleben an Hals und Armen, schwellen an wie Gummibälle, saugen Blut, Mücken kneifen überall auf Ihrer Haut, jucken und blasen an Ihren Ellbogen und werden dann mit einem seltsamen Schuss verwechselt – aufladen; oder warten! Es ist chaotisch, mein Junge! " Madhavan seufzte.

" Ist der Krieg so? "

Ayyappan wurde ein wenig niedergeschlagen.

" Ha ha ha "

Madhavan brach aus. Er machte es absichtlich laut.

" Denkst du, du kannst einfach deine Zeit damit verbringen, im Dschungel zu kriechen und zu kriechen? Plötzlich tauchen dunkle Formen in einiger Entfernung direkt über dem Felsen auf, den Sie verstecken. Welle um Welle würde aus der Schlucht vor ihr folgen. Bald es's a Feuer überall kämpfen. Granaten fallen wie Orangen, die dir Gliedmaßen und Leben nehmen. Echos explodierender Granaten hallten über das Tal. Schrapnelle fliegen überall herum wie Hagelsturm; Das dann sieht man sich beim Laden's , wenn Sie für die kukri fühlen,

Ihr zuverlässigen Kumpel. Gewehre können Sie in Nahkämpfen scheitern lassen. "

Sie konnten nicht viel von dem folgen, was er sagte. Aber sie hatten ihn bereits in ihren Gedanken als Helden bezeichnet. Er war " The Militär Madhavan. Die Spannung war sehr spürbar. Diejenigen, die auf den Bänken saßen, waren in einer stillen Gruppe. Die Server hatten die Versorgung eingestellt. Sie waren alle voller Ehrfurcht und mit großen Augen. Jemand schob ein weiteres Glas Wirbel mit einem gekochten Ei auf eine Platte. Madhavan schluckte das Ei und leerte das Glas in einem Zug.

" Immer noch ist dein bester Teil nicht gekommen. "

Ayyappan wagte sich ein wenig schüchtern, seine Stimme wurde fast leiser.

" Oom! "

Ein böses Lächeln blitzte auf seinem Gesicht auf. Seine Augen leuchteten. Er schürzte die Lippen und beugte sich vor, als würde er ein großes Geheimnis teilen. Es wurde langsam dunkel; Der lila Raum der Zeit, den jeder Wirbelladen jeden Tag liebevoll pflegte. Appukuttan kam spät mit einer Reihe nicht verkaufter Fische und übergab sie Karthiani, um seine Flasche abzuholen. Es war ein Tauschhandelssystem. Er bückte sich nahe an Ayyappan und war bereit zu hören.

Jacob Job

" Es ' ist die Mädchen! Mädchen im Wald. "

Das Publikum schnappte nach Luft und sie schlurften hinüber, um es sich bequemer zu machen.

" Du kriechst, kriechst, wanderst und huschst in Sonne und Regen; manchmal sogar tagelang ohne Nahrung und Wasser und plötzlich auf eine Lichtung stoßen; eine Hütte, und was für eine Begrüßung bekommst du?

Hunde stürmen auf dich zu. Du erschießt sie. Eins, zwei, drei. Sie schwenken und fallen. Andere rennen zurück, den Schwanz zwischen den Beinen, und heulen in einem weinerlichen Ton. Und in wenigen Augenblicken wird alles still und alle Türen sind geschlossen. Na und? Wir stürmen, indem wir die Türen mit den Gewehrkolben einschlagen und im Dunkeln tappen. Du machst was du willst. Es ist ein Fest, schnell und wütend. Männer, ob alt oder jung, die in den Weg treten, werden einfach gehackt. Wenn es ein großes Ärgernis ist, werden sie auf die Lichtung gebracht, an Bäume gebunden, dazu gebracht, die Tortur zu beobachten und einfach zu schießen. Seufzer, Quietschen, Wimmern, Flüche sterben alle in der Luft einer toten Nacht ab. Es's das breiige Fleisch, dass die Nacht gemacht ist. Don't Blick auf ihren Gesichtern. Es wird dich tagelang verfolgen. "

" Wie viele? "

Ayyappan wagte es, näher zu kommen. Madhavan schien nicht zu hören. Er war in vollem Gange. Schweißperlen liefen ihm über das Kinn.

" Du lebst heute. Morgen können Sie den Staub schlagen. Tiere ziehen dich über die Trümmer zu den Büschen, die an deinen Zehen und

Rippen fressen und dir die Eingeweide herausziehen. Ich habe Körper in Haufen gesehen; fähige Männer verrotten, einige liegen mit dem Gesicht nach unten, einige in Teilen, Fliegen summend um den verrottenden Kadaver. Plötzlich steigt ein Geier aus dem Nichts herab und die Fliegen erheben sich wie eine Wolke. Einige haben ihre Augen und ihren Mund noch offen und können nicht sprechen, was sie gesehen haben. Sie sind tot und doch lebendig; Wir leben und sind doch tot. Vernunft ist das verrückteste Wort. "

" Hast du das alles Paru Amma erzählt? "

Ayyappan ist diesmal wirklich ausgerutscht.

" Schurke! "

Es war ein heftiger Stoß. Ayyappan rollte über die Stufen. Madhavan stand auf, stieg die Stufen hinunter und trat ihn erneut. Alle sahen sich bestürzt an. Es wurde kein einziges Wort gesprochen und sie gingen schweigend. Karthiani senkte die Laterne.

Sprungfrösche

" Was machen diese Schaltfrösche auf dem Schulgelände? " Madhavan's Kommentar wurde mit viel Sarkasmus geladen.

" Hey, sein Volleyball " Appukuttan schrie fast.

" Volleyball? Du nennst es Volleyball! - Diese Jungs springen auf beiden Seiten des Netzes wie Frösche, die auf Reisfeldern springen! "

" Big Spiel ' Militär ' , - großes Spiel. " Appukuttan war ein wenig verärgert.

" Hast du Issahak spielen sehen? Er hat super Schläge. Niemand kann blockieren. Seine Schüsse sind wie Donnerschläge. Mathu Mappilai und Issahak Mappilai; - Es ist ein super Team. Niemand kann sein Team schlagen ". Appukuttan wurde aufgeregt.

" Militär " ging weiter.

" Du hättest unsere Streichhölzer sehen sollen. Kugeln werden einfach wie Luftballons gesprengt.

Assadulla baut den Lift auf und ich sprenge einfach. Oft lösen sich die Nähte oder die Blase platzt. Noch ein Ball; ein weiterer Schlag. Das ' s das Spiel. "

" Auf dem Platz ' Militär ' , auf dem Platz! Nicht in diesem Wirbelladen. Worte sind Worte in diesem Dorf. Bald wird ein Tag kommen und wir werden sehen. "

Appukuttan warf den Becher auf den Boden und eilte die Stufen hinunter. Vorbei war der Respekt, den er gestern für ihn hatte.

" Militär " hatte einen fragenden Gesichtsausdruck. Er versuchte einen Epilog für diesen Tag zu geben.

" Armer Kerl, - hat auf diesem kleinen Fleck nur Teiche und Felder gesehen. Hat nicht die Flüsse überquert, die Berge bestiegen oder die Täler genossen " .

" Verdammter Fick! Was denkt er? Aus welchem Rattenloch hat er sich herausgeschlichen? - Doesn ' t wissen viel über diesen Ort - wird ihn wie eine Mutter rösten. "

Appukuttan brüllte auf die leere Straße. Er ging schnell, als würde er das Tempo verlieren, wenn er langsam ging. Er kam zur ' Villa ' , ging am Viehgatter vorbei und klopfte an die Tür.

"Mappillai, Mappillai! Issahak Mappilai!" Er war immer noch aufgeladen.

Thethu Amma stöhnte sanft von innen. Sie war im letzten Abschnitt des Rennens und schnappte nach Luft, um die Ziellinie zu berühren.

Die Türen knarrten und Issahak erschien. Sein Rahmen füllte fast die Tür und sah fast aus wie Ukkuru *muthalali* ; herrisch mit einem

Hauch von arrogantem Grinsen in der rechten Ecke der Lippen. Appukuttan rieb sich die Augen und stützte die Knie, um eine anständige Haltung einzunehmen. Ein Blick auf ihn und Issahak begriff die Situation.

" Was denkt er? Nennen Sie anständige Leute, die Frösche springen! - Ratte, dumme Ratte - wir werden ihn zerreißen. "

Appukuttan wanderte weiter. Er war inkohärent mit Emotionen. Issahak nahm ein *Beedi*- Paket und teilte eines mit ihm. Dies war der beste Weg, um sein ausgefranstes Temperament zu beruhigen. Er zog ihn an der Schulter und ging zur anderen Seite des Geländes.

Appukuttan folgte ihm wie ein kleiner Spaniel. Issahak saß auf einem Schleifstein und sagte zu ihm:

" Warte; Warte auf Mathu. Er wird bald in den Urlaub kommen. Dann werden wir ihn niederlassen. Ein für alle Mal. "

Am nächsten Morgen öffnete Issahak die Tür, nur um Appukuttan am Eingang noch einmal mit einem frischen Fischfang zu sehen.

" Mappilai, gestern hatte ich einen kleinen Alkohol! So war es also. Ich möchte es klarstellen. Welches Geschäft hat dieses 'Militär', um unser Volk so zu beleidigen? Wir müssen antworten; auf dem Boden!"

Während er sprach, schüttelte er den Haufen an der Schnur. Einige von ihnen wackelten immer noch und dehnten ihre Kiemen aus, um Luft zu holen.

Issahak war wieder zu seinem Refrain zurückgekehrt.

" Warte auf Mathu. Er wird bald für die *Onam*-Ferien hier sein. Schieben Sie nun ' Militär ' vorsichtig zu Boden. Lass ihn spielen. Wir werden es regeln. Ich werde sehen, dass ' Militär ' in diesem Dorf nie wieder den Mund öffnet. Es'ist mein Wort." Appukuttan übergab Issahak den Fang und ging weg; bestritt.

Das Talkum Mädchen

Der Auftrag für den Unterricht in kreativem Schreiben (im Volksmund als 'Komposition' bekannt) war ein Sprungschuss, den Issahak vom Management in Anerkennung seiner ästhetischen Talente erhielt. Bald war die Schule gespannt auf die Nachricht, dass Issahak in die höheren Klassen kommen würde.

Die Schüler schnappten nach Luft, als er das Klassenzimmer betrat. Jungen und Mädchen sahen sich mit unverhohlener Freude an. Clara sah Issahak für eine lange Sekunde an und sah dann nach unten. Alles, woran sie sich als nächstes erinnerte, war die Endglocke der Sitzung, und Issahak verließ die Klasse, um die goldene Kette um seinen kurzen Hals zu korrigieren. Der Rest war ein Trugbild.

Nächste Klasse; nächste Woche.

Das Warten war ängstlich und ungeduldig. Sein Extempore kam herunter wie ein Strom, der dich bis auf die Knochen durchnässt. Witze explodierten wie Seifenblasen in Luft. Ihr Augenkontakt wurde immer häufiger und einen Sekundenbruchteil länger. Sie fühlte sich jedes Mal schuldig und zog sich zurück. Clara sah durch das Fenster. Strahlender Sonnenschein hatte eine leichte Seidendecke über den

Spielplatz, den Volleyballplatz und über die Mangobäume ausgebreitet. Kleine Vögel flatterten in seiner Wärme und pickten auf die reifen Mangos. Ein einsames Eichhörnchen hielt es nach dem Match mit beiden Händen wie eine Trophäe, um immer wieder geküsst zu werden. Sie zog ihren Blick zurück in das Klassenzimmer, nur um immer wieder miteinander verbunden zu werden. Sie sah unter den Schreibtisch und drückte und zuckte mit den Zehen. Inzwischen warf Saffia einen Blick auf ihr Unbehagen.

" Gänsehaut bekommen? "

Flüsterte sie und bedeckte ihre Lippen mit dem Kopftuch.

" Ja, ihr alle"

" Ich weniger, du mehr "

Sie zischte leise.

Schweiß langsam rieselt Clara's Kinn auf beiden Seiten. Die Wangen wurden rot und die Grübchen wirbelten tiefer. " Oh Gott! Wenn nur mein Gesicht wie eine saubere Tafel aussehen würde! " Sie wischte sich immer wieder die Wangen ab.

Clara öffnete ihre korrigierten, Zusammensetzung Buch ' spät in der Nacht. Sie war erstaunt. Ein dünner Film aus Talkumpuder überzog ihre Schrift. Die Buchstaben schienen unter einem dünnen Schleier zu liegen, und die Korrekturen der roten Tinte knöpften sie in die richtige Form. Ein schwacher Geruch von Talkumpuder breitete sich langsam aus. Sie schloss das Buch und ein Puderstoß entkam und ließ sich auf dem Schornstein der Lampe nieder. Clara senkte die Flamme und lag schwitzend im Bett und schaute durch das offene Fenster auf den brennenden Mond. Der vage Geruch von Talkumpuder verweilte immer noch im Raum.

Ein seltsamer Traum begann ihren Schlaf zu stören. Es war eine schlanke goldene Metallschlange, die über ihren ganzen Körper krabbelte. Kein Kopf; kein Schwanz. Trotzdem krabbelte es langsam über ihre Schulter und gefror die Körperteile zu Taubheit. Sie versuchte es wegzuziehen, als ob eine verirrte Haarsträhne. Aber ihre Hände waren schwer und unbeweglich. Sobald sie die Augen schloss, fing es wieder an zu kriechen. Clara wachte am späten Morgen auf; Augen geschwollen und Gesicht geschmollt. Bald war es Zeit für die Schule.

" Oh Pulver! Was für ein Duft! "

Saffia fing an, an ihr zu schnüffeln. Andere folgten. Bald war es ein Gedränge um sie herum. In kürzester Zeit verbreitete sich die Nachricht, dass Clara ihre hübschen Wangen mit Talkumpuder parfümiert hatte. Es breitete langsam seine weichen Ranken wie eine Kriechpflanze auf dem Zaun aus und erreichte schließlich 'Mansion.' Niemand außer Saffia wusste, woher sie das Pulver hat.

Thethu Amma war unter einem Stapel Laken fast nicht wiederzuerkennen. Ihre Erinnerung spielte Verstecken. Manchmal sprach sie mit viel Klarheit. Aber die meiste Zeit war sie nur ein Atemprotokoll.

Die Nachricht über Issahak ' s Ehe mit Clara war wie ein Thunderbolt, die das Dorf getroffen und es wie ein Blitz geblitzt. Ein Lehrer, der seinen Schüler heiratete, machte es umso aufregender. Garne und Klatschgarne wurden aufgewirbelt und dennoch waren die Menschen nicht satt. Jeden Tag erschien eine neue Geschichte und verstummte am Abend, nur um durch eine andere ersetzt zu werden. Einige sagten, es sei mit dem Segen von Thethu Amma, während andere sagten, dass sie sich nicht einmal bewusst sei. Die Aufregung nahm zu und es schien viel mehr zu sein, als das kleine Dorf aufnehmen konnte.

Clara hob weder während der gesamten Hochzeitsmesse noch während des Empfangs zu Hause den Blick. Ihr Gesicht war eine rote, mollige

Masse. Ihre Hände zitterten und Armreifen klirrten, als sie Thethu amma kniete's Füße. Aber Thethu Amma war sich all dessen nicht bewusst. Sie war weiterhin ein Atemprotokoll. Issahak rollte die zerknitterten Laken auf dem Bett zusammen und führte Clara aus dem Raum. Draußen gab es einen leichten Nieselregen, während sich der Sonnenschein mit den Regentropfen vermischte.

Das Volleyballspiel

Die Vorbereitung des Volleyball-Rasens war ein Akt der Liebe für die Menschen in Peringamukku. Chathappan begann mit seiner Spitzhacke den Boden zu brechen. Es ging sanft weiter, bis der gesamte Rasen aufgeraut war. Dann nahm er die Schaufel und mischte die losen Erdklumpen in einen Feinstaubmodus und besprengte in Abständen Wasser. Sobald der Boden ausreichend durchnässt war, begann die Polsterung mit Schlammschlägen. Es ging sanft und rhythmisch weiter. Kuttimalu schloss sich später mit leichteren Schlammschlägen an. Chathappan kniete auf ihren Hüften und schlug weiter. Sie warf oft Blicke auf ihre hüpfenden Brüste. Sie war sich bewusst, aber es war ihr egal. Sie war sehr intensiv, als wollte sie ein hartnäckiges Baby einschläfern und summte den ganzen Weg ein süßes Schlaflied. Chathappan ging nach einiger Zeit. Kuttimalu fuhr fort. Das 'Schlag-Schlag' -Geräusch vermittelte die Konsistenz des darunter liegenden Rasens. Weiche Flecken wurden immer wieder gepackt und geschlagen. Schließlich schlief das Baby ein und Kuttimalu stand auf und wischte sich den Schweiß mit dem Kopftuch ab.

Als sich die Abendsonne langsam über die Mangobäume bewegte, begann Kuttimalu, Kuhmist in einer großen Schüssel Wasser zu mischen und zu einer kolloidalen Konsistenz zu verwirbeln. Sie streute die Flüssigkeit auf den Rasen und verteilte sie mit ihren fleischigen Handflächen in süßen Wellenbögen, wobei sie sich Schritt für Schritt rückwärts bewegte. Es war, als würde man ein süßes Kind streicheln. Leider war Kuttimalu unfruchtbar. Sie streichelte den Rasen immer wieder so oft, bis die kolloidale Flüssigkeit gleichmäßig eingedrungen war.

" Was ist Kuttimalu, wie ist das Gericht diesmal? " Es war Thupran, der herumhing.

" Boom Boom! "

Antwortete Kuttimalu und tickte mit dem Mittelfinger an ihrem Daumen.

" Pass auf Issahak Mappilai auf! – springt wie ein Schleuderschuss. Hamza Koya wird einfach den Mist lecken. "

" Und ' Militär? '"

" Wird Glück haben, wenn er die Seitenlinien lecken kann. "

Kuttimalu brach in Lachen über ihren eigenen Rasenbericht aus.

" Können sie vor Mathu Mappilai und Issahak Mappilai stehen? "

Kuttimalu war wie viele andere Frauen im Dorf eine kluge Anhängerin des Spiels. Die Dorfbewohner waren süchtig nach Volleyball. An jeder Straßenecke tobten hitzige Diskussionen, und manchmal brachen sogar kleinere Schlägereien aus.

Das Volleyballspiel sollte am ersten Tag nach *Onam ausgetragen werden*. Das Match sollte beginnen, nachdem der Abendausflug von ' Red Line Express ' eingetroffen war. Die Teams bestanden aus Spielern aus Peringamukku und Paduthala, dem Nachbardorf auf der anderen Seite der Felder. Auch sie nahmen aktiv an den Abendspielen teil. So war es. Das ganze Dorf stieg den schmalen Hang zum Schulgelände hinauf. Der Schiedsrichter erschien mit einer Pfeife an einer Kette um den Hals. Die Spieler haben sich an den Seitenlinien aufgewärmt. Eine kleine Menge versammelte sich um sie herum. Im Mittelpunkt der Aufmerksamkeit stand ' Militär Madhavan. '

Der 'Red Line Express' kam an und entlud die Zuschauer von nahe gelegenen Orten und sie kletterten zusammen mit dem Fahrer und dem Schaffner den schmalen Hang hinauf. Sie waren die angesehenen Gäste des Spiels. Der Bus würde erst nach dem Spiel zurückkehren. Tickets waren damals nicht so obligatorisch. Alles war eingestellt. Mathu Mappilai und Hamza Koya gingen zum Schiedsrichter, um ihn zu werfen. Issahak Mappilai blieb immer zurück, weil er dachte, dass Mathu sein Glücksbringer war. " Militär Madhavan " hatte sich auf der anderen Seite mit Hamza Koya angestellt. Das Match sollte beginnen.

" LAUV - alles! "

Es war ein Anruf von außen. Die Leute drehten sich um und es gab einen großen Schrei. Es war Appukuttan, der nach dem Wirbelklopfen am Abend langsam den Hang hinaufstieg. Er ging langsam mit einer Prahlerei, die mit dem Klopfermesser in der Scheide nach links und rechts schwankte und an seiner Hüfte befestigt war, was bei jedem Schritt ein kleines Durcheinander verursachte. Als er den Boden betrat, kam der Schrei wieder heraus.

" LAUV - alles! "

Und der ganze Boden war gesungen.

" LAUV - alles! "

" Militär, wo ist Militär? "

Appukuttan brüllte. Er öffnete eine rohe Wunde.

Der Schiedsrichter kletterte auf den Tisch neben dem Pfosten und bedeutete Stille. Ein paar Leute hielten Appukuttan zurück und das Spiel begann.

Hamza Koya diente zuerst. Es war ein Schwimmer, der das Netz verlockend überflog und in die linke Ecke der Kiste tauchte. Issahak gab den Ball an Mathu weiter, der Nanappan einen Backlift gab, der einen Long-Ranger vom Backcourt losließ. Es fing die Seitenlinien auf und der Dienst wechselte den Besitzer.

Nanappan's wurde serve abgerufen und Khaddar Moideen einen Blitz Schuss. Das Team von Hamza Koya holte sich den ersten Punkt.

Der nächste Gottesdienst endete mit einem wütenden Schlag von Issahak. Es folgten zwei Aufschläge von ihm, die keine Antwort fanden.

Dann folgte ein Servicewechsel, als Hamza Koya einen atemberaubenden Tropfen verursachte.

Das Match wurde warm. Issahak und Mathu sprangen zusammen, um die Schüsse zu blockieren. Die Kerblinie lesen 11-4 für Issahak's Team. Dann passierte es. Als Hamza Koya's langsam Floater das Netz überquert, zwinkerte Issahak bei Mathu und für einen Wechsel gab Mathu einen ersten Ball den Ball auf der rechten Ecke des Netzes. Es war ein gemessener kurzer Auftrieb. Issahak kam heimlich vorbei, sprang wie ein " Schleuderschuss " auf und sprengte den Ball mit einem ohrenbetäubenden Knall. Noch bevor ' Militär Madhavan ' sich zum Blockieren erheben konnte, krachte der Ball auf sein Gesicht und er brach mit beiden Händen auf dem

Boden zusammen. Er rollte immer und immer wieder auf dem Boden. Sein Gesicht schwoll an und Blut tropfte zwischen den Fingern von Mund und Nase, die zu einer Geleemasse geworden waren. Es herrschte eine gedämpfte Stille und dann ein gequältes Geschrei. Die Leute drängten sich um ihn. Einige rannten zum Eisverkäufer, um etwas Eis zu bringen.

Plötzlich ertönte ein weiterer Schrei von den Seitenlinien.

" *Ayyoo, ayyayyoo, ayyoo* -"

Es war ein Appukuttan-Wagen, der sich drehte und rollte und " Militär Madhavan " nachahmte . Er hob ein paar Kieselsteine vom Boden auf und warf sich mit einem Schnörkel in die Luft, der vorgab, seine Zähne zu sein, die sich gelöst hatten. Immer wieder ging die Show weiter. Die Leute konnten nicht anders als zu lachen. Sie ignorierten" Militär Madhavan "

Das Match wurde abgebrochen und Red Line Express kehrte früh zurück. Der Toddy-Laden war bis spät in die Nacht geöffnet und Appukuttan war in seiner Zone.

' Militär Madhavan ' wurde nach dem Volleyballspiel im Dorf nicht gesehen. Paru Amma zog sich wie ein Einsiedlerkrebs in ihre Schale zurück. Sehr wenige wagten es, sie zu fragen, und denen, die sich erkundigten, gab es eine kryptische Antwort.

" Geh - vorbei " und sie ging weiter.

Hunde hielten ihre Firma und sie die Hausarbeit an der Namboodiri wieder aufgenommen ' s *Illam* . Alles verlief wie ein Traum. Dennoch wedelten einige Zyniker.

Tatsächlich war es nicht " Militär Madhavan ", sondern " Duplicate Madhavan " .

Wer kann den Mund halten! Schließlich ist das Leben im Dorf ohne ein wenig Würze langweilig und langweilig. Das Aroma bleibt bis zur nächsten Veranstaltung wie ein Lesezeichen.

Eines Tages fragte Issahak Appukuttan-

" Was ist mit diesem " Militär " passiert?

" Ayyoo- *ayyayyo* o-ayyoo -"

Appukuttan ahmte Madhavan nach und zündete einen *Beedi an* .

" Aber eins mappilai; Du hast dein Wort gehalten. "

Appukuttan fuhr mit seinen Büffeln fort, die Rauch in die Luft strömten.

Die Tage waren eintönig und flach. Die Nächte waren ebenso lustlos. Der Himmel sah aus wie eine hochgewölbte Kuppel weit weg von der Erde. Sterne erhellten spärlich den Himmel. Dünne Wolken schwebten ziellos herum und drapierten oft diese winzigen Sterne, die nicht zwinkerten.

Clara bewegte sich träge herum, oft stützten Arme ihren Bauch. Ihre Knöchel waren geschwollen und sie war blass geworden. Baby wuchs hinein. Sie zuckte beim Gestank von Fisch zusammen und würgte oft und zeigte einige seltsame Vorlieben und Abneigungen in ihren Essgewohnheiten. Für Issahak war alles seltsam. Bisher hatte er noch nie über eine solche Situation nachgedacht. Ehrlich gesagt war er nicht vorbereitet. Seine anfängliche Erregung wurde jetzt durch Angst ersetzt. Zuweilen bereute er den Verlust von Thethu Amma.

Die Verletzung

Es war eine Vollmondnacht mit einer kühlen Brise, die über das ruhige Wasser wehte. Zarte Reissetzlinge mit ihren eifrigen grünen Trieben wehten ein seltsames Aroma in die Brise. Der Bund war bis zum Rand gefüllt. Die Nacht sah so strahlend und unschuldig aus wie ein Schulmädchen.

Wie üblich patrouillierte Appukuttan auf dem Bund und ließ die Fackel aufleuchten, um nach Versickerungen an der Seite des Dammes zu suchen. Er war mit dem Damm so vertraut, dass er blind gehen konnte. Plötzlich bemerkte er silberne Wasserstreifen, die von den Seiten hervorsprangen. Sogar als er zusah, begann das Rinnsal zuzunehmen. Bald mit einem Schauder, erkannte er , dass es ' s das Schlimmste zu gehen; eine Verletzung, die das gesamte Reisfeld überfluten könnte!

Er eilte zum Patrouillenschuppen und brüllte den ganzen Weg. " Verletzung! Bruch! Bruch! "

Andere Wächter im Schuppen fingen ebenfalls an zu schreien.

Er eilte mit einem Ballen Heu zurück, um die Lücke zu schließen. Aber die Versickerung hatte zugenommen und Wasser begann mit größerer Kraft in die üppigen Reisfelder zu fließen. Die Felder würden in wenigen Sekunden untergetaucht sein. Er eilte mit einer weiteren Kaution zurück. Der Bund wollte platzen. Er stürzte kopfüber mit dem Ballen ins sprudelnde Wasser. Es war, als würde man kurz vor der

Explosion in die Mündung eines kalten Vulkans stürzen. Aber das Schicksal spielte diesmal keine Rolle. Der Bund brach an einer anderen Stelle mit großer Wucht ein. Appukuttan blieb an diesem Ende mit der Kaution im Schlamm stecken. Er kämpfte darum, frei zu werden; konnte aber nicht. Seine Beine wackelten noch ein paar Sekunden. Wasser kam in Strömen und versenkte das gesamte Feld. Als die

Dorfbewohner an den Rand des Feldes kamen, war alles vorbei. Das Feld war mit eiskaltem Wasser bedeckt und es gab keine Spur von Bund. Appukuttan schwebte wie ein gekentertes kleines Kanu; Kopf noch in der Kaution begraben.

" Alles ist zu Ende! "

Es war Issahak. Er war mit anderen am Rande des Feldes. Er schob ein kleines Kanu ins Wasser; Das gleiche Kanu, mit dem Appukuttan jahrelang gepaddelt hat. Er band den Körper fest und zog ihn an Land.

Niemand rührte sich.

Niemand sprach.

Es war, als wäre er der einsame Mann, der auf dem Planeten lebt. Das ganze Dorf stand still wie ein Flachrelief, das auf eine riesige Felswand gemeißelt war.

Es gab ein plötzliches Rascheln und Treiben. Es war Lakshmikutty, Appukuttan ' s Frau Rennen auf dem Wasser. Issahak zog sie zurück und brachte sie zum Körper. Ein Blick, und sie stieß ein lautes Heulen aus. Und das ganze Dorf heulte mit ihr wie der Monsunregen. Sie trugen die Leiche nach Hause. Ein Hauch von Dunkelheit stieg über Peringamuck herab. In dieser Nacht und für viele weitere Nächte wurden nur sehr wenige Laternen angezündet.

Issahak schälte Kokosnüsse auf einem scharfen Baumstumpf im Hinterhof. Seine Handflächen waren mit gespreizten Fingern so groß wie eine Saucenpfanne. Es waren diese Palmen, die einst verwelkte Schläge auf Volleyballfeldern über die Flanken schleuderten. Die Nüsse schmiegten sich einfach in sie. Er schälte sie wütend nacheinander, als würde er seine Wut auf dem Baumstumpf auslassen. Es war einige Tage nach dem Tod von Appukuttan.

Felder wurden überflutet. Das ganze Dorf war taub geworden. Issahak sprach sehr wenig.

Clara schlug die Kleidung mit großer Wucht auf den Waschstein. Wassertropfen, die mit Schweiß vermischt waren, tropften von ihren Brauen. Sie sprach auch kein Wort; als ob beide an einem Wettbewerb beteiligt wären. Schließlich brach Issahak die Stille.

" Immerhin hat Appukuttan das bekommen, was er verdient hat. "

" Was habe ich dann getan, um ein Totgeborenes zu verdienen? "

Issahak sah erstaunt auf. Es war ein Schock von Clara. Sie war nach der Lieferung fast verstummt. Vorbei war diese Geschwätzbox, weg waren diese schwingenden Hymnen, die von den Tafeln hallten, weg waren diese Grübchen, die auf ihren errötenden Wangen wirbelten und ohnmächtig wurden. Sie war eine unersättliche Kreatur auf dem Bett. Aber jetzt wich sie bei seiner Berührung zurück.

" Gott's Wege sind unergründlich. Vielleicht hat er größere Pläne für uns. "

Issahak's Worten fehlte Überzeugung. Es gab ein Gefühl sanfter Hingabe, das man bei ihm selten sah.

" Hat Gott Abraham gerettet, seinen Erstgeborenen für den Glauben an ihn? Warum hat er zu Gott zuzugestehen ' Wunsch - zu opfern , seinen ersten Sohn? War es nicht Egoismus? Er tat dasselbe mit Hagar; schickte sie mit dem Kind weg. Diesmal, um Sara zu gehorchen; oder vielleicht gehorcht er jemandem, wie es ihm passt. In jedem Fall hatte Issahak verdammt viel Glück. " Clara ertrank langsam in einem negativen Pool. Issahak hatte sie noch nie so gesehen.

" Vielleicht wollte dein Vater diesen Talisman auch bei dir haben; so nannte dich Issahak - Glaube oder

Selbstsucht? - Ja; schlauer Mann; er war. Mehr als Abraham - und das arme Lamm; Mein Sohn wurde im Mutterleib geschlachtet. "

" Hör auf, Clara zu schimpfen. Es war auch mein Baby; unser Baby. "

Issahak schlug die Hintertür zu und ging hinein. Clara war noch nicht abgeklungen. Die Glut knisterte immer noch in ihrem Bauch. Sie musste etwas tun, um sie zu löschen, wie sie es all die Tage getan hat. Die eintägige Hausarbeit war auch ein eintägiges Gespräch für sie. Sie unterhielt sich mit jedem Gegenstand, der ihr in den Weg kam. Diese stille Kommunikation war fast zu ihrer Art des Lebensunterhalts geworden. Sonst wäre sie zerbrochen wie ein Porzellanglas.

Clara spülte die Kleidung mit großem Schwung aus und tauchte Issahaks Hemd in die Wasserwanne, die

die Schultern hielt, wie es Johannes der Täufer mit Jesus im Jordan getan hätte. Plötzlich kam die Sonne hinter den Wolken hervor und schlug ihr direkt in die Augen, als sie die Kleidung auf der Wäscheleine ausbreitete.

Als sie mit ihrer Arbeit fertig war, fing sie an, Chilis zu pflücken, sowohl grüne als auch reife Schoten, und Tränen liefen über ihre Wangen. Sie zerdrückte sie mit Zwiebeln und mischte Tränen hinein. Tapioka war bereits gekocht und fertig.

Issahak saß auf der Bank hinter dem Tisch. Clara saß nahe und diente ihm. Und dann, plötzlich brach sie zusammen und vergrub den Kopf in Issahak's Schultern. Schluchzen und Tränen strömten während des Bruchs wie Wasserströme hervor. Es war das Begräbnis der

Trauer für sie. Issahak tätschelte sanft ihren Rücken, als würde sie ein Baby einschläfern lassen. Teilen und Fürsorge sind zweifellos Geschwister, die sich gegenseitig ergänzen.

Benz Vasu

Vasu kuschelte sich unter eine Decke, um sich vor der Kälte zu schützen. Er war auf den Hüften und entzündete ein kleines Feuer. Zweige knisterten unter der Pfanne. Es dauerte wirklich einige Zeit, bis das Öl aufgetaut war. Er nahm einen Schluck vom lokalen Gebräu, öffnete die versiegelte Dose und leerte etwas gesalzenes Fleisch in die Pfanne. Es zischte in einem aufgeregten Delirium herum. Der Lastwagen wurde mit geöffneter Motorhaube auf der Hauptstraße geparkt. Es kühlte ab; sah aus wie ein riesiger Alligator mit weit geöffneten Kiefern. Vasu betrachtete die herumsprudelnden Fleischbällchen und dachte über Issahak nach, den Schullehrer, der sich in ein Holzgeschäft verwandelt hatte und seinen Lehrerjob beiseite ließ.

'Es ist ein bisschen komisch', dachte er. Normalerweise haben diese Männer Kreide und Staubtuch nie fürs Leben verlassen.

Dies war die letzte Sendung, die er aus dem Depot holen sollte. Der Monsun stand unmittelbar bevor. Es kann jeden Moment ausbrechen. Dann würde

Vasu zu seinem alten Beruf zurückkehren - der Tischlerei. Mallet und Meißel mit frisch gewebtem Holz würden ihm für die nächsten Monate Gesellschaft leisten. Auch war Issahak nicht bewusst Vasu's Leidenschaft für Zimmerei. Er hat nie gesprochen. Er war in vielen Facetten seines Lebens weitgehend dumm.

Genau wie Issahak war Vasu auch ein Mann aus vielen Teilen, der nie wirklich wusste, wohin er gehen sollte. Die Leute in der Nähe nannten ihn Benz Vasu, hauptsächlich wegen des Lastwagens, mit dem er gefahren war und an dem er tief beteiligt war. Vasu, der sich über die Motorhaube beugte, hätte durchaus eine bekannte Ansichtskarte für das Dorf sein können.

Ein Tag, nach Issahak hatte Vasu abgerechnet Konto für den Monat, an eine freie Stelle im Salon zeigte und sagte, " Clara will ein Diwan an Ort und Stelle, dort zu sein. Nächstes Mal werden wir einen vom Möbelmarkt auswählen."

" Ho; nein, nein, nein - Stattdessen machen wir eine Chettinad-Couch. Es wird viel besser sein. Ich kann eins für dich machen. "

" Was ist das? "

Issahak war ziemlich überrascht. Aber Vasu ging einfach weiter.

" Sehen Sie, das wird solide sein. Sie können Dinge unter, in den Schränken aufbewahren. Es wird an allen drei Seiten Holzgeländer haben und auch die Wände sauber halten. "

" Nun "

Er fuhr mit einer Zeitlupe seiner rechten Hand fort, als würde er den Dimensionen folgen. Die linke Handfläche wurde auf Kniehöhe gehalten, als wollte sie gerade bleiben.

" Es wird so etwas wie die Reflexkurve einer Welle sein; Insgesamt sechsunddreißig Geländer, die sich herausbiegen und in zunehmender Abstufung von sechs Zoll zu Fuß bis zu anderthalb Fuß am Kopf messen und in einen stark geschwungenen Holzschnitter eingesetzt werden. Wenn es fertig und poliert ist, wird es den Raum besitzen. " In seinen Augen war ein Kind wie ein Schimmer.

Issahak war einfach überwältigt. Er hörte einem Handwerksmeister in vollem Gange zu. Die ganze Zeit hatte er ihn nur als ' Benz Vasu ' gekannt , einen erfahrenen Fahrer, der Holzsendungen ohne Probleme abholzte.

Bald kam Vasu aus dem Bann, machte einen verlegenen Augenkontakt mit Issahak und sagte -

" Ja "

Noch einmal für eine flüchtige Sekunde stellte er die Berechnungen mit einer mentalen Überprüfung fest.

" Gib mir ein Papier, ich werde es herausziehen. "

Issahak didn't bewegen. Er war immer noch benommen. Vasu nahm eine Zeitung vom Boden und zeichnete die Couch mit einem Bleistiftstummel, den er zwischen das Ohrläppchen gesteckt hatte. alles in einer bewegung

' Wie die Reflexkurve der Welle. '

Vasu hatte es sehr eilig, als gäbe es keine Zeit zu verlieren. Die nächsten zwei Tage wurde ununterbrochen gearbeitet, bis das Stück fertig war. Zwischendurch ist er nie nach Hause gegangen. Stattdessen brachte seine Frau Essen. Sie war solchen kreativen Anfällen in Vasu vertraut. Sie saß auf den Stufen im Hinterhof und plauderte stundenlang mit Clara. Es war eine Art Wunder, die fertigen Möbel zu sehen; frisches Holz riechen. Und wie Vasu sagte, besaß es den Raum.

Vasu wurde mit großen und kleinen Befehlen überflutet. Er hat einige gemacht, aber viele verlassen. Bald war es wieder Auktionszeit im Depot und sie stürzten sich in ihr reguläres Geschäft.

Eines Tages kam Vasu mit einer großen Einkaufstasche nach Hause. Es enthielt ein Basrelief von Jesus, der im Garten von ' Gethsemane ' betete und in einen einzigen Holzblock geschnitzt war. Sehr schüchtern nahm er das Stück heraus.

"- hörte mam singen souligen Hymnen wie ich auf den Möbeln gearbeitet - so, - warum das Gebet nicht auf einem Stück Holz setzen dass 'für alle s , dass ich weiß. Götter und Dämonen sind an meinen Fingerspitzen. "

Er war so schüchtern, so viel zu sagen. Es herrschte eine unheimliche Stille um das Basrelief, mit einem Hauch von Traurigkeit, die vielleicht den großen Verrat vorwegnahm. Ein Blick darauf und Sie fielen in eine feierliche Gebetsstimmung, elend verflochten.

Übergehen

Es war ein regennasser Morgen. ' Pass Over ' sollte zurückgelassen werden. Die Mosaikböden, das französische Fenster, das sich zum Tal hin öffnete, und die Küche, in der immer ein Hauch von Feuerholz roch, dufteten nach aromatischen Gewürzen. All dies sollte Clara bald als nostalgische Erinnerung entgehen. Dies war das Haus, in dem ihr Leben stetig fortschritt; wo Geschwister umkippten, Freunde fanden, sich stritten und Fieber und Masern erlebten. Clara schlug jeden Abend glücklich, müde und erschöpft ins Bett, nachdem das Haus die Hausarbeit erledigt hatte. An manchen Tagen, als Issahak zu spät vom Möbelmarkt und den Kindern unter der Decke kam, hielt sie sich wach und zählte die lackierten Holzbalken an der Decke. Auf den Holztafeln befand sich ein zentrales Blumenmuster, auf dem Wandeidechsen geduldig darauf warteten, die nicht verdächtigen Insekten zu verschlingen, die heimlich aus den Blütenblattwellen sprangen.

" Pass Over " war das Herrenhaus in dieser kleinen Stadt. Nach der Geburt eines totgeborenen Babys war es Clara, die beschloss, es " Pass Over " zu nennen . Das Haus hatte seinen Namen. Keine unangenehmen Zwischenfälle besuchten sie weiter unter seinem Dach. Clara versuchte nicht zurückzublicken; konnte aber nicht. Issahak, das 'tapfere Herz' , war vorne mutig.

Als Issahak als kleiner Junge mit einer kleinen Eisenkiste und einer geballten Faust in der ' Villa ' landete , war es Chinnu, der ihn frei machte, als sie seine Faust Finger für Finger öffnete und alle aufgestauten Emotionen in den Tumult ließ der 'Villa'. Gelegentlich besuchten sie ihn jedoch wie Feuerfliegen in unheimlichen stillen Nächten, um eine Menagerie anzuzünden.

Er wußte nie, was seine Mutter's Krankheit war. Aber eines war sicher, sie mochte seine Anwesenheit im Raum; die kleinen Geräusche, die er machte, als er die Dinge bewegte. Es war schwach beleuchtet mit niedriger Decke. Das einzige Fenster war immer geschlossen.

Sie mochte es, wenn er an ihrer Seite saß, nichts tat und sein Handgelenk in ihren Handflächen hielt; Vielleicht die einzige bewusste Bewegung, die sie den ganzen Tag gemacht hatte. Sie hatte die ganze Zeit einen leeren Blick. Aber das geringste Schlurfen, um aufzustehen, zog sie an seinem Handgelenk; knöcherne Finger, isoliert mit einer losen Lederbeschichtung. Er vermisste den schwach beleuchteten Raum mit seiner geduldigen Königin, seiner Mutter. Aber eines Tages ging auch sie mit einem Flackern, einem kleinen Ruck an seinem Handgelenk.

Herrenhaus zum " Übergehen " und jetzt zu den "Neptunwellen "; Leben's Reise hatte ihn noch nicht müde.

Die Leute zogen in die Städte. Der Hafen war eine zusätzliche Attraktion für den Holzhandel, in dem Issahak den Jack Pot getroffen hatte. Er hatte bereits Geschäftspartner in einigen afrikanischen Ländern. Seine LKW-Flotte expandierte langsam. Mit den richtigen Verbindungen im Hafen konnte er ihn weiter ausbauen. Cater-Säulenwagen waren beim Transport von Containern keine schlechte Idee. Er dachte bereits über das Potenzial nach. Sie müssen der " Zeit und Flut " folgen, wie sie sagen. Issahak war nicht derjenige, der es vermisste.

Saira

Chinesische Fischernetze umkreisten das Wasser wie riesige Spinnweben, die darauf warteten, beiseite gebürstet zu werden. Die Sonne ging tief hinter diesen Netzen unter und spritzte das Wasser mit zarten Schattierungen von Gelb, Rosa und Orange. Junge Paare gingen Hand in Hand und schwatzten begeistert über die gepflasterten Fußgängerwege am Wasser. Liebhaber schlenderten mit Hüften und Schultern in ihren fleckigen Jeans aneinander. Mädchen warfen sich ab und zu die Haare, um die Jungen anzusehen, während sie sich am verschwommenen Bart kratzten und verstohlene Blicke austauschten, die von Verlangen durchzogen waren. Mütter gingen mit ihren Säuglingen auf dem Kopfsteinpflasterweg, während junge Männer von den in der Nähe geparkten Autos aus zuschauten. Beide klatschten nach ein paar unsicheren Schritten. Es war pure Freude für sie. Die Kleinkinder gingen weiter und klatschten, während die Mütter auf ihre Handys klickten. Das ältere Volk ruhte unter den Bäumen auf erhöhten Platformen; einige mit ihren Spazierstöcken zwischen den Beinen. Manchmal

Enkelkinder, ging langsam 'mit ihnen oft ihre dummen stolpert und kichern an ihren alten Witze Jamming. Sie zählten die Bäume, als sie vorbeigingen. Es war ihre tägliche Gesundheitskarte. Das Leben hat für jeden sein eigenes Tempo. All dies war eine Routinewache für Issahak vom Balkon seiner Wohnung aus.

Er absorbierte den Komfort seiner geschwollenen Beine in einem Trog mit lauwarmem Salzwasser. Jedes Unbehagen hat auch ein eingebettetes Komfortniveau. Clara saß an seiner Seite und legte ihre verdorrte rheumatische Handfläche unter seine. Die Stille der Zweisamkeit erfüllte die Luft. Er fühlte sich Gott näher.

Irgendwann richtete sich ihr Blick auf die Zugvögel, die in ihrem kurzen Leben über das Wasser die lange Reise machten. Sie flatterten in großer Höhe in derselben Formation, die die Luft durchbohrte.

" Das's it! See, sie ändern Positionen. Der Anführer ist müde und fällt zurück; ein anderer bewegt sich nach vorne. " Issahak sprach zu sich selbst.

Clara war an all dem nicht interessiert. Ihre rheumatischen Finger taten weh. Sie genießt die langsam Wärme Issahak Nass's Palmen.

Hand in Hand saßen sie still.

" Saira hätte das sehr schnell bemerkt. "

Issahak trottete weiter. Saira war Issahak ' s ' Enkelin. Sein Sohn Martin und seine Familie wohnten auf der anderen Straßenseite in der gegenüberliegenden Wohnung. Oft kam Saira abends nach der Schule, um ihm Gesellschaft zu leisten. Beide saßen 'Vogelbeobachtung ' auf dem Balkon, während sie über alles schwatzte, was ihrem Leben nach ihrem vorherigen Sitzen widerfahren war. Manchmal wurde sie so belebt und schlüpfte aus dem großen Rohrstuhl.

Und dann, eines Tages, rief sie plötzlich: " Dort, dort ändern sie den Großvater - dort ändern sie sich! - Sehen Sie, sie haben sich geändert. "

Die ganze Zeit hatte sie ihre Augen auf die Vogelformationen gerichtet, als sie vorbeiflogen.

" Oh! Du hast ein Falkenauge! " Issahak sagte mit einem gewissen Stolz.

Sie war zufrieden.

Sie sprachen über viele Dinge, die für niemanden von Bedeutung waren. Ameisen, Termiten, Schmetterlinge, Grashüpfer, Libellen, Erdwürmer - alle schlichen sich in ihre Unterhaltung ein.

In diesen Tagen versuchte Saira, aus einem Segelflugzeug Papier zu machen, das Papier in zahlreiche Falten faltete. Aber in entscheidenden Phasen versagten ihre Origami-Fähigkeiten. Sie vergaß die Falten. Sie würde wieder von vorne anfangen. Bald würde der Balkon mit Altpapier übersät sein. Sie wollte den Gleitschirm aus grand pa fliegen , s Wohnung zu ihnen von ' Neptun Waves' auf ' Sun Rise Heights ' . All diese Aktivitäten stießen schließlich auf anstehende Hausaufgaben.

Und sie würde blitzschnell zum Aufzug gehen. "Tschüss Großvater! "

Sie winkte vom Boden und sprintete zu ihrer Wohnung. Sie hatte grenzenlose Energie. Manchmal war Issahak etwas besorgt.

" Sie ist blitzschnell auf dem richtigen Weg " - einmal sagte er.

" Oh! Es's Ihr großartiges pa - Syndrom. Kinder sind so. " Sagte Clara mit einem Hauch von Sarkasmus.

Familientreffen

Da Martin das ' Neptune Waves' - Abendessen am Sonntag verließ, war dies ein ganz besonderer Anlass für ein Familientreffen. Es wurde nie vermisst. Martin kam mit seiner Familie; Elsa, seine Frau und die kleine Saira. Oft war er lange Zeit mit Issahak zusammen, um über Geschäfte zu diskutieren. Martin machte darauf aufmerksam, dass er immer mit seinem Vater über neue Unternehmungen sprach.

Manchmal handelte es sich nur um einen beeindruckenden oder sogar einen zweifelhaften Mann. Er nahm die SWOT-Analyse seines Vaters sehr ernst.

" Ich bin altmodisch " würde Issahak sagen.

" Starten Sie niemals etwas ohne eine klare Vision. Mission sollte Vision folgen. "

Kein Familienessen war für Issahak ohne sein Lieblingsentencurry komplett. Oft kam Justin über

Skype und dann war es ein lautes Geplänkel vom Esstisch.

Justin war Issahak's zweite Sohn - Management - Kurs bei Kellogs tun. Er war bei seinen Praktikanten und Clara hatte es eilig, ihn verheiratet zu sehen. Weder Issahak noch Justin zeigten eine ernsthafte Neigung dazu.

" Wie Vater, der Sohn ", murmelte Clara weiter.

" Er ist noch ein Junge. Lass ihn erwachsen werden; gib ihm die Chance, sein Mädchen auszuwählen; genauso wie ich." Sagte Issahak mit einem verlegenen Lächeln.

" Gib ihm eine Chance und dann sag "

Dabei ging Clara in die Küche, um sich um das Entencurry zu kümmern. Sie würde niemals zulassen, dass sich Diener darin einmischten. Konsistenz von Soße, Schärfe, Zartheit von Fleisch waren ihr alle sehr lieb. Es war praktisch ein Ausdruck ihrer Liebe und Fürsorge. Sie wartete besorgt, als Issahak das Fleisch probierte.

Seine Augenbrauen hoben sich und schauten zu ihr.

" Quacksalber, Quacksalber " - Das war das Signal und ihre faltigen Wangen wurden purpurrot.

" Amma, Onkel ist auf Skype! "

Es war die kleine Saira, die brüllte. Ein virtuelles Chaos brach aus, als alle anfingen, miteinander zu reden.

" Ho, *Jesu* , du siehst fantastisch aus. Wie viele Magdalenes liegen Ihnen zu Füßen? " -Elsa sniped.

Justin drehte den Kopf und wedelte mit der linken Hand mit dem Pferdeschwanz.

" Amma möchte, dass du gefesselt bist. "

" Ist ein Pony bereit? ' Justin scherzte.

Clara mochte es nicht , dass Elsa sich diese Art von Freiheit mit Justin nahm. Sie fand das alles etwas respektlos.

Issahak nahm an nichts davon teil. Er lehnte sich einfach zurück, sah zu, hörte zu und schlürfte die Soße.

Als eine Art Ordnung wiederhergestellt war, fragte Martin:

" Wann kommst du nach Hause? "

" Ich werde zu Weihnachten zu Hause sein. "

" Amma wird ungeduldig "

" Ich weiß, ich weiß. Ich habe mir ein dickes Stipendium von einer Werbefirma in Paris gesichert. Es's sehr repräsentativ. Ich finde es kreativer und befriedigender. Der Kurs beginnt erst im Februar. Ich werde zwei Monate bei Amma zu Hause sein."

In seinem Ton lag ein Gefühl des Flehens. Aber Clara war voller Wut. "Sag ihm, ich werde keinen Termiten erlauben, in dieses Haus zu springen."

"Arme Termiten! "- Issahak war sarkastisch.

Er stand auf und ging ins Bett. Bald war Clara ganz allein am Esstisch. Sie ging nicht auf den Balkon, um Saira eine gute Nacht zu winken.

Die Autotüren knallten nacheinander mit einem dumpfen Schlag zu. Sie konnte den Motor leise schnurren hören und Scheinwerferblitze sehen, die die Handflächen beleuchteten, als sie wie stumme Wachposten standen, die ihre Trauer teilten.

Sie erinnerte sich an die " Sprichwörter " aus dem Alten Testament, die sie in Sonntagsschulklassen auswendig gelernt hatte.

' Deine Freude ist deine eigene; deine Bitterkeit ist deine eigene. Niemand kann sie mit Ihnen teilen. '

" Ja, sogar Issahak konnte es nicht teilen. "

Zu diesem Zeitpunkt konnte sie Issahak schnarchen hören. Sie war irritiert.

" Ich bin in einer Höhle. " dachte sie.

"- In der Obhut eines gütigen Tieres, das sie mit Freundlichkeit und Empathie behandelte. Ich bin zu seinem Vergnügen. Ich gehöre zu ihm. Total. Wir don't zueinander gehören. "

Clara schlich sich an den Rand des Himmelbettes in der Höhle. Im trüben Licht sah sie ihr gerahmtes Foto. Es ist seit Jahren dort.

" Das gütige Tier mit einem kurzen Hals, der an einem riesigen Torso klebt, mit einem Blitz triumphierender Eroberung in den Augen. "

Sie biss in die Decke, um zu schluchzen. Das Tier hörte auf zu schnarchen und breitete die Arme aus, konnte aber die Beute nicht fühlen. Er rollte sich herum und zog sie zu sich wie ein Fischer, der das Netz zog. Ihr Becken schmerzte.

" Autsch! " Sie schnappte nach Luft und ins Netz kuschelte. Sie war froh, drinnen zu sein. All ihre Bitterkeit und Trauer verschwanden. Sie schlief selig wie ein Kind.

Moideen Haji

" Oh! Komm schon 'Old Spice' ! - habe dich gesucht"

Anhörung der vertrauten Ruf, drückte Kuriakose vorbei an den Stühlen zu Martin ' s Tisch. Er war da, bereit mit einem Kartenspiel. Sie haben sich in den letzten Jahren am selben Tisch getroffen. Nach ein paar Drinks spielten sie Rommé und klatschten. Das war die Routine.

Kuriakose war der Monarch des Gewürzhandels auf dem gesamten Verkaufsmarkt von Mattanchery. Er war tadellos gekleidet in gestärktes weißes Hemd und *Dhoti* . Eine schwere Goldkette rutschte oft heraus wie eine Schlange, die zwischen den Büschen glitt. Das sauber rasierte Gesicht mit pechschwarzem Haar, das nach hinten gekämmt und gekämmt wurde, umriss die Konturen eines zurückgehenden Haaransatzes. Er war ein schnell wachsender sozialer Kletterer im ' Lotus' - Club. Es war Martin, der ihn "Old Spice " nannte . Um ehrlich zu sein, er hat es sehr genossen. Wie immer zuckte Kuriakose mit den

Schultern, zog einen Stuhl und setzte sich. Martin bestellte ihre Getränke.

" Ich werde Ihnen heute eine kleine Geschichte erzählen ", sagte Kuriakose sehr ernst. Martin war ein wenig verwirrt. Kuriakose trank schnell seine Getränke aus und fing an.

" Vor ein paar Jahren traf ich am Bahnhof von Palakad einen alten Mann, Moideen Haji. Sein Gesicht war geschrumpft und länglich wie ein trockener Mangosamen. Er trug eine Schädelkappe und sein Vorderkopf trug Spuren des täglichen 'Namaz' ." Aber was mir auffiel, waren die beiden funkelnden Augen, die tief in den Augenhöhlen vergraben waren und immer deine Seele zu durchsuchen schienen. Sie wouldn't verraten diesen Mann zu jeder Zeit, um jeden Preis. Das Treffen war zufällig. Er war dorthin gekommen, um einige Streitigkeiten zu klären, die Träger mit dem Buchungspersonal beim Laden seiner Sendung hatten. Etwas Geld wurde ausgetauscht, um das Problem zu lösen. Ich war dort auf der Suche nach meiner fehlenden Areca-Sendung. Ich war ihm fremd. Aber als er meine Lage sah, bot er Hilfe an und innerhalb kürzester Zeit wurde die Sendung gefunden und verladen. Er schmierte die Beamten mit solcher Anmut und Elan, dass sie sich 'besonders' fühlten . Am Ende jeder solchen kleinen Operation sagte er:

" *Insha Allah* " .

Haji weigerte sich, Geld von mir anzunehmen. Dies war der Beginn eines Freundschaftsschiffs, das fast ein Jahrzehnt dauerte. Moideen Haji war der unbestrittene Pfefferbaron aus Malabar. Bald wurden wir Partner. "

" Und was ist dann passiert? "

" Vor ein paar Jahren ist er gestorben; ein sehr natürlicher Tod. "

" Also- "

" Er hat vier Söhne; zwei von ihnen heirateten und zwei unverheiratet. Alle vier sind Schwächlinge; sowohl im Geschäft als auch mit Frauen. Bald fragten die Lieferanten nach Geld und die Kunden nach Waren. Wir hatten keine. Es war eine unordentliche Situation. Ich habe versucht, etwas Frieden zu vermitteln; aber ohne Erfolg. Also habe ich das Geschäft übernommen. Jetzt sind die Lieferanten und Kunden bei mir und das Geschäft ist sehr robust. "

" George Kuriakose ist wie immer der Gewinner! "

" Nicht genau; Ich habe ein kleines Problem; eine vorübergehende Geldkrise; eher eine selbst zugefügte Wunde, muss ich sagen.

" Nun, das ist im Lotus Club unglaublich. "

" Du kennst mein Areca-Geschäft; Sein Vermögen hängt weitgehend vom Markt in Mumbai ab. Oft bleibt der Geldfluss hängen; manchmal für lange Zeiträume. Ich wollte enden. Aber Vater würde nicht lassen. Er erzählte einige traurige Geschichten, die sein Vater immer wieder über das Areca-Geschäft erzählte. Es tat ihm weh. Offensichtlich war das sein erster Kratzer im Geschäft. So sei es; Ich dachte.

Es's hier , dass ich Ihnen Schritt wollen. Ich Ihnen Partnerschaft in Gewürzhandel anbiete. Zu gleichen Bedingungen. Geben Sie mir im

Gegenzug einen Einstieg in den Holzhandel. "

" Ich muss mit ' *appa* ' diskutieren. Es' ist sein Baby."

" Sicher werden wir. "

Malabar Königin

George Kuriakose hinterließ die ' Neptune Waves ' und hinterließ ein starkes Aroma von Körperspray, das langsam in die Vorhangfalten eindrang und die Blumenmuster des Teppichs durchdrang.

" Dieser Raum ist duftend ", erklärte Saira und atmete tief durch.

Issahak schnüffelte und schnaubte noch einmal und drückte missmutig seine Nase.

Kuriakose hatte auch einen Karton ' Malabar Queen ' zurückgelassen.

" Export Qualitätspfeffer; - verstümmelt! " Er hatte Clara flüsterte.

Sie war sehr erfreut. Saira half dabei, das Band zu lösen und die hartnäckigen Klebebänder wegzukratzen. Issahak beobachtete die Aktivität mit ein wenig Besorgnis im Karton.

Etwas raschelte in seiner Erinnerung; Wagenräder rollen über trockene Blätter; Zweige brechen und knacken. Es war die Geschichte des Wagens ein Mann, hat er auf die immer wieder gehört hatte 'Mansion. '

' Malabar Queen ' ist ein schlechtes Omen. Issahak war sich sicher. Aber er konnte seinen Eintritt nicht verhindern.

" Das Kamel hat die Oase gerochen und das Zelt betreten ", sagte er sich.

Er saß still auf dem Sofa und drückte seinen Hintern fest auf das Kissen, während er die geschwollenen Füße auf einen Holzhocker hob.

Ein kleiner Trost in Unbehagen! Er hustete, um den Hals frei zu machen. Aber die Worte waren immer noch blockiert.

" *Appa* , Sie haven't ein Wort noch nicht gesprochen." Finally Martin angeschnitten.

" Hast du von dem griechischen Geschenk gehört? "

Die Worte kamen widerwillig heraus, als wären sie fehl am Platz und hörten dann abrupt auf. Issahak schaute immer noch auf das Auspacken von Malabar Queen.

" Es ist eine Geschichte aus der griechischen Mythologie. "

Er ging nicht näher darauf ein; Martin antwortete auch nicht.

" Ich weiß, Kuriakose ist hierher gekommen, um nach einer Gelegenheit zu suchen. Aber jetzt kann es ein bisschen mehr sein. Er hat eine Absicht; vielleicht ein bisschen unheimlich. Es ' s meine Vermutung. "

" *Appa* , wir sind seit Jahren Freunde der Familie. ---- eine sehr aufrichtige und hart arbeitende Person; ist von Grund auf neu entstanden."

" Ja genau!; es's diese Kratzer, sein Opa Kuriakku bei Peringamukku gemacht, die jetzt in einen Juckreiz wachsen werden, die zu gegebener Zeit zu einer rohen Wunde Fortschritte konnten.

" I don't verstehen " Schließlich Martin sprach.

Es war eine verwundete Schlange, die Appukuttan an diesem Tag freigelassen hatte. Es ist nach zwei Generationen zurückgekrochen, wobei der Abdruck der Wunde noch intakt ist.

Es war ein einfacher Fall von Diebstahl. "Verbrechen und Bestrafung " , können Sie es nennen. Aber wer war sein Komplize oder auf wessen Geheiß wurde es begangen? Kuriakku hat es nie offenbart. Oder hat er? Wir wissen es nicht außer Appukuttan, der ihn endlich aus dem Folterloch kriechen ließ, obwohl er die Lizenz hatte, ihn zu erledigen. Beide waren harte Jungs. Weder öffnete den Deckel. " Issahak kramte weiter in der Vergangenheit." Manchmal verhielt sich Appukuttan wie ein inkarnierter Teufel. Er war der ultimative Spender der Gerechtigkeit. Seine Gerechtigkeit hatte zu viele Schichten von Ungerechtigkeit dazwischen, und es war diese Ungerechtigkeit, die schließlich Gerechtigkeit brachte. Er pflegte zu sagen, auch ich kann meine Hände nicht vertrauen. Ja; Er hatte zwei Hände. Die Hand Gottes und die Hand des Teufels. Ich kann nicht sagen, welche Hand Kuriakku an diesem schicksalhaften Tag gerettet hat.

Es ist ein Schicksal, dass sich unsere Familien nach zwei Generationen wieder getroffen haben. Die Wagenräder rollen noch. Haben Sie bemerkt, wie sein Gesicht blass wurde, als ich von einem " kleinen Diebstahl " durch den Karrenmann sprach?

Dies ist die traurige Geschichte, die sein Opa seinem Vater wiederholt erzählt hätte. Die Geschichte des unglücklichen Karrenmannes; die Geschichte des Diebstahls, die nie vollständig untersucht wurde; vielleicht mit einem Grund. Ukkuru *muthalali* war eine kluge Person. "Er löschte alles mit einem einzigen Schlag aus. "

Martin sah sehr bedrückt aus. Er verließ den Raum ohne ein einziges Wort.

St. Philominas Kathedrale

Kuriakose stand an der Mündung eines labyrinthischen Tunnels, der sich in Nebenflüsse ausbreitete. Zu beiden Seiten waren Gewölbe wie große versiegelte Kekskartons gestapelt. In diesen Gewölben ruhten sterbliche Überreste von Menschen, die in fernen Ländern und Gefilden geboren wurden, hauptsächlich englische Männer, die während der Kolonialzeit hier ihr Leben verbrachten. Ihr Name, ihre Lebensdauer, ihre Berufung usw. sind auf jedem Tresor ordentlich katalogisiert. Die Sonntagsmesse in der St. Philomena ' s ' Kathedrale begossen. Ein heller Lichtstrahl vom Altar oben landete im Untergrund und beleuchtete die dunkle Umgebung. Beleuchtete Staubpartikel schwammen mit faulem Genuss im Schacht herum, was ihn zu einer unheimlichen Menagerie machte. Kuriakose trat in den Schacht und hüllte sich in helles Licht. Von diesem Punkt aus konnte er den Fortschritt der Messe in der Kathedrale beobachten. eine geniale Möglichkeit für die toten Bewohner, an der Messe teilzunehmen. Kluges Denken von einem glühenden Gläubigen. Seine Frau und Kinder nahmen an der

Messe zusammen mit Martin's Familie in der Kathedrale oben, obwohl keiner von ihnen ein Wort in Kannada kannte.

Inbrünstiges Klingeln der Glocken, unterbrochen vom Läuten des großen Gongs, signalisierte die Eucharistie. Als kleiner Junge verstand Kuriakose nicht, wie sich Wein und Brot in Blut und Fleisch verwandeln konnten. Und damit die Leute es probieren können! Für ihn war es einfach ein Kannibalismus-Ritual. Sogar in diesen Tagen schürzte er in diesem Moment die Lippen, um sicherzustellen, dass es keine Blutflecken gibt. Er fühlte sich sehr unwohl. Das Kind in ihm hatte überlebt. Aber für den Moment durstete er nach einem Schuss Whisky und schwitzte in dieser feuchten Luft.

Erinnerungen rollen ohne Schilder aus. Sein Vater hatte einmal die Geschichte seines Großvaters, des unglücklichen Karrenmannes, erzählt, wie Issahak ihn bezeichnet hatte; wie seine Familie an diesem schicksalhaften Tag vor Tagesanbruch aus dem Dorf floh, mit all dem Hab und Gut, das er in einem Sack voller Sackleinen über die Schulter gehängt hatte. Frau und Kinder gingen schweigend hinterher, ohne zu wissen, wohin. Manchmal gab es gedämpftes Schluchzen von seiner Frau. Dann sahen sich die Kinder an. Niemand sprach, sondern ging weiter. Kuriakku kehrte nie zurück und zeigte auch keine Anzeichen von körperlichen Schmerzen, die

Appukuttan ihm zugefügt hatte. Er hatte ein leichtes Hinken entwickelt, das er sein ganzes Leben lang trug. Einmal hatte ihn sein Vater in dieses verfluchte Dorf gebracht. Sie gingen die Dorfwege entlang, auf denen sein Opa einst den Karren fuhr und die Karawane führte. jetzt schwarz und sogar mit Wasserhähnen. Sie gingen an der Stelle vorbei, an der die Villa einst stand, und Ukkuru *muthalali* regierte an oberster Stelle. Es war lange zurückgerissen worden, das Land in kleine Grundstücke aufgeteilt und ausverkauft. Hässliche Häuser mit grellen Farben bevölkerten den Raum.

Die gemeinsame Reise nach Mysore mit Martins ' Familie sollte nach seinem unglücklichen Besuch bei den ' Neptune Waves ' eine Art emotionale Katharsis sein . Bisher hatte es gut funktioniert. St , Philominas ' Dom war die letzte Station und jeder war in guter Stimmung. Gutes Essen, gute Getränke, freundliche Scherze unter Kindern und Frauen; Alles war zurück in alte Zeiten - so dachte Kuriakose, bis er zurücktrat, um die unterirdischen Gewölbe zu besuchen. Diese verstorbenen Seelen hatten im labyrinthischen Untergrund ein durchsichtiges Netz ausgebreitet, klebrig wie Vogelkalk, das seine schlafenden Erinnerungen auftaute, um eine alte Wunde zu öffnen.

Vielleicht haben sie das Flattern dieser hilflosen Kreaturen genossen!

' Enkel eines kleinen Diebes! Der Karrenmann! '

Es lastete schwer auf ihm. Das Schicksal hat die dumme Angewohnheit, seinen Weg mit glatten Kieselsteinen mit gelegentlichem Kies zu ebnen, der gut getarnt ist.

Einfach rein

" Hey, komm schon Kumpel; Öffne diesen Knoten und du siehst aus wie Jesus! " Jemand schrie.

" Ich bin Justin "

Sagte er mit seiner Handfläche über der Brust.

" JUST-IN "

Es gab ein Brüllen von der Gruppe unten. Justin war sofort ein Hit beim 'Emerge' - dem Jugendflügel des Lotus Clubs. Er hatte zuvor mit seinen bemerkenswerten Dribbling-Fähigkeiten im Basketball die Aufmerksamkeit aller auf sich gezogen. Er tröpfelte den Ball im Zickzack, bewegte sich wie eine Gazelle und sein Pferdeschwanz wedelte bei jedem Dribbeln. Mädchen machten eine Bienenlinie, um diesen Neuankömmling zu beobachten. Sie mobbten Elsa für weitere Informationen. Sehr wenige wussten, dass Martin einen jüngeren Bruder hatte.

Später sollte er jeden schockieren, indem er den Toast mit Orangensaft veranstaltete. Sie wollten seine

Meinung zu jedem Thema direkt von H1-B-Visa, Brexit, Bitmünze, Trump, Macron – als ob er das letzte Wort wäre. Jemand wollte all dem ein Ende setzen. Der Mann stand auf einem Stuhl auf und fragte:

" Was ist Ihre Botschaft an 'Emerging' Kochi, bevor Sie gehen ? "

Justin kratzte sich mit dem Handrücken an den Stoppeln auf seiner Wange und dachte einige Zeit nach. Seine Pupillen huschten wie ein gefangenes Tier nach links und rechts und öffneten dann langsam seine Lippen. " Liebe deinen Körper Wie Dich. "

" Oh Jesus! Du machst uns verrückt. " schrie ein Mädchen.

" Ich bin Justin. JUST-IN! " Er schrie zurück.

Die Lichter wurden dunkler und die Band begann zu spielen.

Obwohl Justin hinter Clara in der Küche herumtollte und seine Finger in ihre verschiedenen Gurken tauchte und ihr berühmtes Entencurry aus der Pfanne probierte, beschwerte sie sich immer wieder, dass er die meiste Zeit weg war.

Issahak wurde eher an Justin amüsiert's Possen. Aber sie hielten Abstand, einen liebenswerten Abstand, der jeden Moment schrumpfen konnte. Oft zwinkerten sie sich zu.

Bald war es ein alltäglicher Anblick, Jungen und Mädchen joggten in Trauben, angeführt von Justin. Sie trugen bedruckte Sweat-Shirts 'Liebe deinen Körper Wie SELBST' Einige andere hatten Sweat-Shirts gedruckt 'JUST-IN' Vom Balkon aus beobachtete Martin, wie diese Trauben im leichten Nieselregen zur ' Go-sri' - Brücke hinüber joggten.

"*Appa*, hier ist unser Werbefachmann! " Sagte Martin und zeigte auf die Straße.

" I don't wissen, was er ist bis zu " Issahak war nuancierter.

Clara saß lange auf dem Balkon und machte sich Sorgen, welches Mädchen in der Gruppe ihn endlich einholen würde. Wie auch immer sie ihren Segen hatte. Der Nieselregen nahm zu einem stetigen Regen zu. Aber die Gruppen joggten weiter, drehten die Kurve und verschwanden im Regen.

Gulmohars standen in der untergehenden Sonne in Flammen. Sie gingen am Straßenrand dicht beieinander. Ashwathi trug einen langen bedruckten Rock. Manchmal wehte Wind unter dem Rock und machte sie zu einem Segelboot auf rauer See. Haare wehten vorne und schlugen ihr ins Gesicht. Die Hände hoben sich, um sie zurückzuziehen. Armreifen baumeln aneinander. Sie gingen weiter und absorbierten die Stille, die zeitweise von lauten Kabinen unterbrochen wurde. Ein- oder zweimal hoben sich ihre Arme, um seine zu halten, fielen aber zurück; Armreifen blau, grün und rot fallen, wieder in einen dicken Sturz auf ihre Handgelenke. Justin spürte das leise Klirren. Es lag an ihm, zu antworten.

" Wie ist deine Vorbereitung - Asu? "

" In deiner Abwesenheit alleine gehen. Aber warum diese plötzliche Verlagerung zur Werbung? "

" Das's es. Das Leben ist so. I don't gerade Linien zeichnen. Ich hasse sie. Nehmen Sie eine Kurve, biegen Sie ab, stürzen Sie sich, klettern Sie auf einen Hügel. dass ' ist mein Leben. "

" Und wo falle ich hin? Im Sprung oder im Aufstieg? Ein Auto kam heraus und nahm den Faden weg. Und sie bewegten sich lässig wie ein Paar Raupen in ihre magnetische Zone, ' The Bharath Tourist Home. '

" Justi, wo's das berühmte Sweat - Shirt? Ihr habt die Stadt schon gemalt - ' JUST-IN '. Es's ' JUST-IN " den ganzen Weg; die Jugendikone!

"- fand es gut, nicht entdeckt zu werden. "

Wieder war er dieser kleine schüchterne Junge, der versuchte, sich hinter der riesigen Fassade zu verstecken.

" Warum? "

" Dann werden sie dich sehen; Don't wollen Ihre Mutter stören; Asu, mit einem christlichen Jungen mit Pferdeschwanz herumlaufen! " Sie schwiegen wieder. Schiffe hupten vom Hafen aus.

" Wenn ich zurückkomme, bist du in einer Kabine hinter einem Tisch, der über Akten strömt. Pfleger warten draußen in ihren lustigen Uniformen, viele Protokolle, um dich zu treffen usw. usw. "

" Ho! Auch die Prüfungen sind noch nicht vorbei und Sie befinden sich bereits in einer Zeitmaschine. " Sie lachte.

Sie hob noch einmal die Arme. Diesmal umklammerte Justin es fest; Ihre gebrechlichen Handflächen drückten sich in seinen festen Griff.

" Karpalen, Meta-Karpalen und die kleinen Fingerknochen. "

" Zählst du? "

Sie riss die Arme frei und hielt sich wie ein Spiegel hoch. Es war rötlich, kurz davor, Blut zu sickern. Sie saßen in ihrer Lieblingsecke.

" Möbel haben sich verändert. "

" Warum, don't Menschen ändern? " Sie war immer scharf. Justin sah weg. Einige Schiffe hupten noch einmal klangvoll.

Sie tranken Eiskaffee, als wäre ihnen jetzt nur noch Kaffee wichtig.

Professor Meenakshi öffnete die Tür und siehe da! Da war Justin - wie eine Ansichtskarte, die sich auf die abgefüllten Balustraden des Portikus stützte.

" Asu, schau wer gekommen ist! " Rief sie.

In diesen Tagen hatte Meenakshi begonnen, ein Ende des Sari zwischen ihre Beine zu stecken und einen kleinen fächerartigen Schwanz zurückzulassen.

' Eine sehr komplizierte Anordnung ' - dachte Justin. Justin hatte sich die Stoppeln rasiert. Er war formell - adrett süß.

" Nennen sie das einen Pferdeschwanz? "

Fragte Meenakshi und hob mit einer Prise Sarkasmus ihre Lesebrille. Justin markierte seinen Augenkontakt einfach mit einem fragenden Lächeln. Silberne Strähnen hatten ihr Haar großzügig gestreift. Die Wangen waren langsam eingebrochen. Sie befand sich in der Herbstzone des Lebens, der Herbstsaison.

" Oh das! " -Sie sagte mit ein wenig verlegen.

" Die's die Veränderung, die ich für die Zeit nach dem Ruhestand entschieden. Schließlich müssen Form und Inhalt synchronisiert werden. "

Jacob Job | 121

Sie versuchte, ihr Wechselgeld zu verteidigen. Natürlich wusste sie, dass es ein bisschen albern war.

" Meine Mutter ist eine Liberale, die orthodox geworden ist. " Ashwathi hatte einmal gescherzt.

" Der's jetzt im Trend. Wer weiß; Eines Tages kann sogar ich ihren Weg gehen. Sie hatte mit einem Kichern hinzugefügt." Bald erschien Asu. Ihre Augen waren zwei Feuerbälle. Er glaubte sie knistern zu hören." Seht, sogar Asu ist fassungslos. Ich werde Kaffee holen und wir werden den ganzen Tag reden.

Tatsächlich war Ashwathi sehr erleichtert, Justin wiederzusehen. Sie hatte ihr Treffen gestern nicht bekannt gegeben. Ihr Herz flatterte, nachdem sie sich getrennt hatten. Sie war unnötig hart. Tatsächlich wollte sie nie so sein. Aber Worte einfach didn't um sie kümmern. Manchmal haben sie einen eigenen Weg. Sie waren allein. Sie zog ihn zur Seite und küsste ihn. Es war wild, voller Liebe, Angst und Lust, die alles über sie sagten.

" Du bist ein Fleischfresser, Asu! "

" Bald wirst du mich zum Kannibalen machen." flüsterte sie.

Meenakshi kehrte mit einem Tablett dämpfender, *Filterkaffee* ' in Stahl Zuhaltungen.

Als Justin nippte und Dämpfe über seinen Vorderkopf dampften, wanderten seine Augen zu einem schwarz-weißen Familienfoto, das an die Wand genagelt war.

" Es ist unser Familienfoto "

Meenakshi intervenierte.

" Asu ' s ' *Thatha* ' (grand pa) Ganescha Iyyer und '*patti*' (grand ma) Sharadambal. *Thatha* arbeitete lange Zeit als Stationsleiter in Luckkidy. Ich war damals ein kleines Mädchen. Und auf der Rückseite Zeile es ' s me, Narayanamurthy Herren, mein Mann und die flauschigen kleinen Mädchen ist unser Asu. Asu lächelte breit. Sie war in Ganesha Iyyer ' Schoß. Armreifspulen bedeckten ihre zarten Unterarme; widerspenstiges lockiges Haar sprang wie Gurkenranken hervor, das gefaltete rechte Bein mit beiden Armen angehoben - sie befand sich in einer akrobatischen Haltung.

" Ho! Das ist also ein geborenes Talent! Ich wusste es noch nie. "

Justin sah sie an. Sogar in diesen Tagen faltete sie ihre Beine auf den Sitz, um es ihr bequemer zu machen. "Auf diese Weise kann ich mich viel besser konzentrieren " Sagte sie errötend.

Rückblick

Nachdem Justin gegangen war, erfüllte die Stille erneut die Räume. Aber für ein gelegentliches Solo von Clara war es unter einem dicken Teppich der Stille. Abendgebete endeten normalerweise mit einer Hymne.

Eines Tages, am Ende des Gebets, fragte Clara, während ihre Augen immer noch auf das Basrelief Christi gerichtet waren.

" Hast du jemals an Vasu gedacht? - Wir haben einige am Rande gelassen - und sind weitergegangen. "

"Das Leben ist nichts anderes als Treibgut. Es bewegt sich mit dem Strom. Einige fallen ab, neue hängen an. Einige driften in eine andere Strömung. Vasu trieb davon. "

Das war jenseits von ihr. Sie wartete. Sie wusste, dass mehr kommen würde.

Issahak räusperte sich und machte sich bereit für die Geschichte. Das hatte Clara noch nie gehört. Er war immer ein guter

Geschichtenerzähler. Aber das Alter hat seinen Tribut gefordert und die Knusprigkeit seiner Stimme weggenommen. Er hat einen leichten Zug entwickelt, der die Artikulation verlangsamte und dazu neigte, sie philosophischer zu machen.

" Eines Tages rief ich Vasu in seinem Haus an. Tatsächlich sollte er abgeholt werden, um eine dringende Sendung zu bewegen. Ich bin mit unserem Bajaj-Roller gefahren. Das Haus war spärlich eingerichtet. Ein schräger Stuhl war das Einzelmöbel, abgesehen von einem Kinderbett und einer Matratze. Lenin, sein Sohn, mischte sich in ein elektronisches Gerät ein. Er absolvierte einen Diplomkurs in Ingenieurwissenschaften; so sagte er. Aber was mich wirklich überraschte, war die Menge an Büchern, die überall verstreut waren. Die meisten von ihnen waren extrem linke Literatur. Überraschung von allen, es gab viele Bücher und Zeitschriften in Tamil. "

" Wer liest das alles? " I gefragt.

" Ich habe welche gelesen. Aber meistens liest er alles. Er hat viele Freunde. Sie bringen die Bücher und diskutieren. "

" Als ich durch sie blätterte, kam Vasu. Er sah das Buch in meinen Händen und legte es lässig wieder auf eine Müllkippe. Er genoss es kein bisschen. I don't wissen, was zu sagen. Vielleicht war es ein stiller Vertrauensbruch. Irgendwo schnappte ein Akkord.

Haben Sie jemals gehört, dass Vasu ein einziges Wort auf Tamilisch aussprach?

Aber er beherrschte die Sprache. Das war eine weitere Tür, die er uns schloss. Er hatte viele Kontakte und glaubte fest an das, woran er glaubte. Wir wollten uns nie kreuzen. Er war nicht so naiv; noch ich. " Das war das heikle Ende der Geschichte.

Clara fühlte sich sehr unwohl. Sie schlurfte in den Stuhl und schob ihre Hände unter Issahak's. Bald klammerte sie sich an eine andere Hymne, ihre Zuflucht. Es war sehr melancholisch.

Martin

Martin war eine komprimierte Version von Issahak; stämmig gebaut, mit hellbraunem Teint. Seine Fußstürze waren sehr schwer. Unter Stress stampfte er bei jedem Schritt virtuell auf den Boden.

" Don't den Rasen zertreten, es ' s neu verlegt. "

Elsa würde ihn auf dem Weg zur Tiefgarage ärgern.

Dann schlug er die Tür zu, hob den Motor auf einen hohen Wert und brüllte den SUV aus dem Keller wie ein Formel-Rennfahrer.

Die Apartments haben ein einzigartiges Ambiente. Sie sind wie Aufnahmestudios und absorbieren den geringsten Ton. Korridore sind solche Sensoren. Auf jeden Fall war Issahak bereit; überhaupt nicht überrascht, Martin ganz blass und gelb zu sehen. Er hat ein Match verloren. Es war offensichtlich.

Martin ließ sich auf ein Sofa fallen und schnappte nach Luft.

" *Appa*, Kuriakose hat den LC noch nicht freigegeben. Der Bankdirektor gerät in Panik. Er hat mein Konto geführt. "

" Hast du mit ihm gesprochen? "

" Er beantwortet die Anrufe nicht - ausgeschaltet. I don't wollen, dass er zu Hause besuchen. Wahrscheinlich ist er nicht da. "

" Oh nein nein - es ist kein so großes Fiasko, wie du es dir vorstellst. Ich hatte eine Ahnung - das Spiel des alten Mannes im Verdacht ' s - Gen in ihm. Aber Sie hatten eine bessere Logik. Manchmal ist es so. Aber er ist etwas zu voreilig mit dem Unheil, muss ich sagen. "

" *Appa* , es sind mehr als zwei crores. " Martin wurde ungeduldig.

" Wenn Wellen an Land gespült werden, nimmt sie nur wenig Sand unter den Füßen hervor. Sie kommen immer wieder; wir stehen fest, graben unsere Fersen tiefer. Nun don't sehen so schuldig. Löschen Sie den LC. Schließlich geht es um Ihre Glaubwürdigkeit. " Martin wurde unglücklich. Er suchte nach besseren Lösungen.

" Komm aus dem Chaos. Geld ist weniger wichtig. Dies wird Ihnen nicht den Magen rauben. Wo um alles in der Welt wird er verschwinden? Früher oder später wird er stöhnend und jammernd zurückkehren. Täuschung ist ihr Markenzeichen. Sie tragen die Maske perfekt. Aber dann sagen Sie ihm, dass seine Abstammung die eines Karrenmannes ist, der die ihm anvertrauten Sendungen gestohlen und gestohlen hat, und Sie haben nichts Besseres erwartet. Es ist fair genug, so viel zu sagen. "

Dies war die letzte Predigt von Issahak. Er ist am nächsten Morgen nie aufgewacht. Das Leben sieht manchmal so albern aus, dass es einfach so abspringt.

Das Leben ist eine magische Kiste

Sie warteten darauf, dass Justin kam. Der Körper sollte zum Heimatort gebracht werden. Es war sein Wunsch. Clara war bereits erschöpft von ihrem ständigen Wehklagen. Sie hätte nie eine so plötzliche Abreise erwartet. Immer dachte sie, er sei die Eiche und sie, der Twiner.

Als sie das Dorf erreichten, waren alle müde; Clara rollte sich wie ein Baby auf dem Rücksitz in einer gemeinsamen Haltung zusammen. Issahak war jedoch in königlicher Pracht mit diesem ständigen kleinen Grinsen im Gesicht, mit einem Hauch von Arroganz, der ihn nie verließ. Er füllte den Sarg. Viele Fremde hatten sich in der Kirche versammelt. Viele von ihnen waren erweiterte Familienmitglieder. Justin hatte sie in seinem Leben noch nie getroffen. Die Trauermesse zog sich einige Zeit hin. Clara musste immer wieder auf dem Stuhl unterstützt werden. Sie sah aus wie ein Bildnis, das in Kürze verbrannt werden sollte.

Nachdem die Beerdigung vorbei war, kratzte Justin einige Zeit an den Kopfsteinen auf dem Friedhof und fand schließlich den Grabstein von Cheru Mappilai. Issahak hatte sehr viele Geschichten über diesen Mann erzählt. Er hatte bereits die Nische eines mythischen Charakters in seinem Kopf gewonnen.

Ashwathi war unerbittlich. Sie rief ihn jeden Tag an. Es war erst ein paar Monate her, seit sie die neue Stelle übernommen hatte. Aber er brauchte etwas mehr Zeit, um ihre endlosen Geschichten zu hören. Issahak ' Tod hatte eine so tiefe Delle in seiner Psyche gemacht. Er hatte ein tiefgefrorenes Freundschaftsschiff mit seinem Vater; immer unausgesprochen. Als Alternative wandte er sich etwas Körperlichem zu; Er mischte sich in sein altes Enfield-Fahrrad ein, alles staubig und verlassen in der Garage. Nur so konnte der nagende Schmerz weggekaut werden. Und schließlich reagierte das Fahrrad, zunächst in Anfällen und Starts und dann reibungslos.

Er durchstreifte die Gassen und ziellos die Gassen; fand die Überreste von Postern, die seine Fans während seines früheren Besuchs geklebt hatten. Das war vor Jahren. Bisher war er ein Einsiedler geblieben. Ich habe nie einen von ihnen getroffen. Und eines Tages machte er sich spontan auf den Weg, um Ashwathi zu treffen.

Es war eine lange Reise. Er kam unangekündigt an. Es war fast Abenddämmerung. Asu rannte wie ein kleines Kind die Stufen hinunter und nahm ihn mit in die Hand, jetzt fest und selbstbewusst. Sie schnurrte weiter wie eine Cheshire-Katze. Einmal drinnen, schaltete das Musiksystem ein; vielleicht nur um etwas zu tun. " Bist du traurig, dass Papa nicht mehr ist? "

Justin dachte, wie dumm sie war und lächelte nur weg. Sie war so. Ihre Gedanken sprangen unorganisiert heraus. Er wusste es. " Oh! Tut mir leid, dich so zu fragen. " Justin lächelte noch einmal.

" Ah! Jetzt lächelst du wie dein Vater, mit diesem kleinen Grinsen. Was für ein Übergang! "

Es war ihr Lagerbüro. Alle außer dem Wachposten waren gegangen. Sie schenkte Getränke ein und ließ die Eiswürfel vorsichtig fallen.

Justin sah zu, wie ihre geschickten Hände die Eiswürfel ohne Wellen fallen ließen.

" Du hast dich umgekehrt zu deiner Mutter gedreht. Ein Orthodoxer wurde liberal." Asu lächelte nur und hob die Eiswürfel weiter auf.

"Das Lustigste ist, dass ich den Grabstein von Cheru Mappilai, der Casanova, in unserem Stammbaum finden konnte, der meinen Kinderhaubenphantasien so viel Farbe und Flamme verlieh - ein Meilenstein in meiner archäologischen Verfolgung; Ich muss es so ausdrücken. Das kleine Reittier war mit Brombeeren und Touch-Me-Nots bedeckt. Sie hängen und falten sich bei der geringsten Berührung. Hast du sie jemals berührt? "

Asu hob die Augen und sah Justin mit gerunzeltem Vorderkopf an. Ihre Hände zitterten und ein Eiswürfel fiel auf den Tisch. " Warum sollte ich sie berühren und traurig machen? " Wie immer war sie frech.

Die Wolken sanken tief. Es gab einen Donnerschlag. Gläser wurden schnell geleert. Sie war in Eile.

" Wo passe ich in *Jesu* ?

Im Sprung oder im Aufstieg? "

Sie schnappte nach Luft unter seinem engen Verschluss.

" In der Oase Asu, in den milden Schatten, wo die Datteln reif und süß sind, wo die Quellen aus felsigen Spalten sprudeln. " Justin murmelte unter ihren Achselhöhlen. Ihre Haut war straff und glatt.

Es gab einen weiteren Donnerschlag und ein Blitz schlängelte sich über die Glasscheiben. Ein weiterer Abstieg stand unmittelbar bevor.

Das Leben ist eine magische Kiste.

Über den Autor

Jacob wurde in Kerala, dem südlichen Küstenstaat Indiens, geboren und aufgewachsen, der für seine Gewürze und seine grüne

Vegetation bekannt ist. Er arbeitete bei Railways und ist derzeit im Nachbarstaat Tamil Nadu ansässig. Jacob ist ein begeisterter Beobachter des Lebens und der Zeit und hat eine kaleidoskopische Begeisterung dafür, Dinge aus verschiedenen Perspektiven zu betrachten. Seine Schriften sind immer seelenvoll und erdig und halten sich an das Ethos des Landes.

www.ingramcontent.com/pod-product-compliance
Lightning Source LLC
LaVergne TN
LVHW041848070526
838199LV00045BA/1492